Rafik Schami · Uwe-Michael Gutzschhahn
Der geheime Bericht über den Dichter Goethe

Rafik Schami
Uwe-Michael Gutzschhahn

Der geheime Bericht
über den Dichter
Goethe,
der eine Prüfung
auf einer arabischen Insel bestand

Carl Hanser Verlag

Alle Goethe-Zitate in diesem Buch wurden entnommen aus
Johann Wolfgang Goethe, Sämtliche Werke
nach Epochen seines Schaffens.
Münchner Ausgabe. Herausgegeben von
Karl Richter in Zusammenarbeit mit
Herbert G. Göpfert, Norbert Miller,
Gerhard Sauder und Edith Zehm,
Carl Hanser Verlag.

Die Schreibweise in diesem Buch entspricht
den Regeln der neuen Rechtschreibung.
Ausgenommen davon sind die Goethe-Zitate,
die der Schreibweise in der o. g.
Münchner Goethe-Ausgabe folgen.

2   3   4   5   03   02   01   00   99

ISBN 3-446-19639-0
Alle Rechte vorbehalten
© Carl Hanser Verlag München Wien 1999
Umschlagillustration: Julian Jusim, Bielefeld
Arabische Schriftzeichen: Mousa El Sohsah, Frankfurt a. M.
Satz: Satz für Satz. Barbara Reischmann, Leutkirch
Druck und Bindung: Franz Spiegel Buch GmbH, Ulm
Printed in Germany

Wie die Geschichte anfing

Am 26. Mai des Jahres 1890 entdeckten drei Perlentaucher ein Segelschiff, das etwa zehn Seemeilen vor der Insel Bahrain im Persischen Golf trieb. Erst schien es, als ob das Schiff, von Kuwait kommend, auf das Arabische Meer zusteuere, doch bald schon driftete es nach Bahrain, um kurze Zeit später abermals die Richtung zu wechseln und zurück nach Kuwait oder in Richtung persisches Festland zu schaukeln.

Irgendetwas stimmte nicht mit dem seltsamen Schiff. Die Perlentaucher ruderten hin und riefen, dort angekommen, laut nach den Seeleuten. Sie bekamen jedoch keine Antwort und wagten sich deshalb lange nicht an Bord. Ein Jahr zuvor hatte auf ähnliche Weise die *Marco Polo*, das einst schnellste Segelschiff der Welt, ebenso vor der Küste Omans getrieben. Die komplette Mannschaft war tot, die Ladung aber unberührt: Guanodünger aus Chile. Das Schiff musste im Hafen der Hauptstadt Maskat auf den Strand gesetzt werden, um die Fracht zu retten.

Damals wurde der Dünger auf ein anderes Schiff verladen und zu seinem Bestimmungsort weitergeleitet. Doch in Oman löste die auf dem Schiff ausgebrochene Cholera eine verheerende Epidemie aus, sodass bald in der gesamten Golfregion Schiffe, die ziellos umhertrieben, Symbole des Todes wurden.

Hin- und hergerissen zwischen Angst und Neugier zögerten die drei Perlentaucher deshalb lange, bis sie sich trauten, an Bord der *Black Prince* nachzusehen, was los war.

Das Schiff war verlassen, überall sahen sie Blut.

Die Männer ergriff Panik. Sie verließen fluchtartig das Deck und meldeten das Geisterschiff der bahrainischen Küstenwache. Die aber nahm zunächst die Fischer fest und beschuldigte sie, den Segler ausgeraubt und, um ihr Verbrechen zu vertuschen, die gesamte Mannschaft getötet zu haben.

Robert Whithead, der Kommandant der Küstenwache, fuhr mit seiner Mannschaft auf einem Dampfschlepper hinaus, und er war entsetzt, als er entdeckte, dass es sich um die *Black Prince* handelte. Das ihm bestens vertraute Linienschiff war sonst zwischen Großbritannien, dem Persischen Golf und Australien oder Indien gekreuzt.

Der Anblick der Blutlachen erschütterte den Kommandanten. Fliegen schwirrten umher. Doch keine einzige Leiche war zu finden.

Das Logbuch zeigte, dass der Kapitän, ein gewisser Benjamin Briggs, am 22. Mai die letzte Eintragung gemacht hatte. Alles wirkte normal. In seiner Kajüte war ein Tisch für drei Personen gedeckt. In der Kombüse fanden sich Fleischkonserven und frisches Gemüse. Der Vorrat an Lebensmitteln war kaum angebrochen. Er hätte gut und gerne für ein halbes Jahr gereicht. Eigenartigerweise waren aber Beiboot, Sextant und Navigationsbücher verschwunden.

Da und dort stießen Whithead und seine Männer auf Hinweise, dass die Besatzung ihre Arbeit überstürzt verlassen hatte. Sogar die Galionsfigur war mit Blut überzogen. Jemand musste sich verzweifelt daran festgeklammert haben, bevor er ins Meer gestoßen wurde. Wessen Blut war es? Es gab keine Hinweise, warum an Bord ein solches Massaker geschehen war. Abgesehen von ein paar Messerschnitten in Segeln und Tauen und ein paar Kratzern im Holz, die vermutlich von einem Kampf herrührten, war das Schiff nicht beschädigt. Zwei Luken standen offen, doch die Ladung war nicht angerührt: 1560 Fass Whisky aus England, dazu 300 Ballen Datteln aus dem Irak, 150 Fässer Olivenöl aus dem Libanon und 500 Säcke Pistazien aus Syrien, die am 19. Mai im Hafen von Kuwait geladen worden waren. Die Fracht war für den englischen Generalgouverneur von Indien bestimmt.

Der Kapitän musste ein redseliger Mensch gewesen sein. Seine Eintragungen waren abschweifend, übertrieben und bisweilen wichtigtuerisch, doch sie bezogen sich bis auf wenige Ausnahmen allein auf die Route, die Witterungs- verhältnisse und das Schiff. Die erste Bemerkung, die für kurze Zeit Whiteheads Aufmerksamkeit auf sich zog, be- traf zwei Passagiere. »Fürstin Martha von Suttner und ihr zehnjähriger Sohn Thomas sind die einzigen Gäste an Bord«, schrieb der Kapitän. »Ich habe die Ehre, jeden Tag die Mahlzeiten mit ihnen einzunehmen. Sie ist eine Adlige aus Hannover und die Gemahlin von Lord Morley, einem hohen englischen Beamten der Verwaltung Indiens. Der Junge ist schon mit zehn Jahren ein Teufelskerl, der keine Gefahr scheut und es mit jedem aufnimmt. Meine Mann- schaft liebt ihn innig, und er erinnert mich in seiner Wild- heit an den legendären Seebär Bully Frobes, bei dem ich mein Handwerk gelernt habe. Die Fürstin hat jedoch, seit- dem wir den Suezkanal passierten, schlechte Laune, ver- flucht Indien immer wieder, nicht selten auch ihren Mann, und obschon ich kein Wort Deutsch verstehe, verstehe ich ihre Flüche. Je näher wir Bombay kommen, umso mürri- scher wird sie. Dem Jungen ist es gleichgültig. Er turnt auf dem Schiff umher und erschreckt mit besonderem Genuss meine hartgesottenen Männer...«

»Wir müssen«, hieß es an anderer Stelle, »auf dem Weg nach Bombay einen Umweg über Kuwait machen. Hier sol- len wir, wie seit Jahren, dem Stamm der Saudis unser ›Ge- schenk‹ bringen und Datteln, Pistazien und Olivenöl für den Generalgouverneur an Bord nehmen. Mir und der

Mannschaft ist bei der Fahrt durch die Straße von Hormos in den Persischen Golf unwohl. Die Fahne Englands und die Krone Ihrer Majestät Viktoria I. geben uns Schutz, doch die Uferregion heißt hier nicht zufällig Piratenküste. Meine Männer trösten sich damit, dass die britische Marine im Golf inzwischen über die schnellsten Dampfboote, ja angeblich sogar über zwei Torpedoboote verfügt. Doch die Piraten sind lautlos und unberechenbar wie der Tod, und sie haben nur vor dem Teufel Respekt ...«

Und dann fand Whithead weitere Eintragungen über die beiden fremden Passagiere.

»Seit ich Fürstin Martha beim Abendessen mitgeteilt habe, dass wir nicht mehr Richtung Bombay segeln, sondern Kurs auf Kuwait halten, wo wir drei Tage verweilen werden, hellt sich ihr Gesicht zusehends auf ...

Ich habe bislang nicht gewusst, dass die deutsche Dame neben Englisch und Französisch auch Arabisch spricht. Sie aber verkündete mir heute stolz, dass sie bereits als junges Mädchen bei einem alten Freund ihres Vaters Arabisch gelernt habe. Danach ging sie an Land und war Gast des Emirs Mohammad Alsabah, der England nicht gerade wohlgesonnen ist ...

Während unseres Aufenthalts in Kuwait sah ich die Fürstin täglich mit ihrem Sohn ausreiten, und der Emir ließ sie fühlen, dass sie als Frau und Deutsche, aber nicht als Ehefrau eines englischen Lords willkommener Gast sei. Eine Schar weiß gekleideter Wächter auf edlen Pferden begleitete aus der Ferne die Fürstin und sorgte für ihre Sicherheit. Abends durfte ich als einziger Engländer an der festlichen Gesellschaft teilhaben. Es waren zwei Nächte wie aus Tausendundeiner Nacht. Eine solche Gastfreundschaft habe ich nirgends sonst je erlebt. Ich erkannte die Fürstin kaum wieder, weil sie sich wie eine Orientalin kleidete. Sie rauchte und trank wie ein Mann, sang mit den Arabern und unterhielt sich in ihrer Gegenwart köstlich. Am letzten Abend wandte sie sich zu mir und rief mir vor allen Anwesenden fröhlich auf Englisch entgegen: ›Benjamin, das hier ist mein Zuhause.‹«

Am 21. Mai war die *Black Prince* wieder ausgelaufen. Das Logbuch berichtete von klarem, sonnigem Wetter und der wieder düster werdenden Miene der adligen Frau. Am 22. Mai brach die Eintragung mitten in einer Bemerkung über eine Reparatur am Bug ab.

Das verlassene Schiff wurde nach Bahrain gebracht, bekam nach drei Tagen eine neue Mannschaft und reiste schließlich – mit der Versicherung an Lord Morley, dass die englischen Behörden am Golf alles tun würden, um das Verschwinden der Fürstin, ihres Sohnes und der Mannschaft aufzuklären – weiter nach Bombay.

Eine umfangreiche Untersuchung wurde eingeleitet. Offizielle Gesandte des Gouverneurs von Bahrain und Agenten des britischen Geheimdienstes suchten die Scheichs und Emire der umliegenden Inseln und Küsten auf, doch nach drei Jahren verliefen die Nachforschungen im Sande. Der Verdacht, Emir Muhammad Alsabah hätte die Fürstin entführt, erwies sich als falsch. Eine hochrangige Spionin drang bis in die letzten Winkel seines Harems vor, aber von der Fürstin fand sich keine Spur.

Lord Morley selbst reiste an den Golf und bat seinen Freund Mubarak Alsabah, den Bruder des Herrschers von Kuwait, um Hilfe. Mubarak war ein Freund von Morley und England. Er versuchte mit allen Mitteln herauszufinden, wo die Vermissten waren. Er versprach eine hohe Belohnung und dehnte die Suche bis Bagdad aus, doch auch er konnte nichts ausrichten. Morley glaubte an Piraterie und wohnte der Folterung mehrerer arabischer Piratenfürsten bei, die Emir Mubarak anordnete. Die Piraten bettelten um Gnade und versprachen dem Emir, ihr gesamtes Diebesgut herauszugeben. Doch die Frau konnten auch sie nicht herbeizaubern.

Immer mehr trat bei Morley die Trauer hinter den wachsenden Zorn über die Demütigung Englands zurück. Man muss wissen, dass die Golfregion seit vierhundert Jahren ein Teil des großen Osmanischen Reiches war. Doch die Macht der Osmanen bröckelte. Am Golf wurde England jetzt immer einflussreicher und demonstrierte militärische Stärke. Ausgerechnet in dieser Zeit wurden englische Seeleute massakriert, und das direkt unter der britischen Fahne! Morley wusste, dass mehrere Inseln im Golf und eine undurchdringliche Wüste entlang der arabischen Küste den Mördern Unterschlupf boten und dass nur ein Wunder Licht in die Angelegenheit bringen konnte. Doch das blieb aus. Nach fünf Jahren wurde der Fall der *Black Prince* endgültig als »unaufgeklärtes Ereignis auf See« zu den Akten gelegt.

Was aber hatte sich noch am 26. Mai, dem Tag, an dem die Perlentaucher die *Black Prince* erblickten, zugetragen? Fast zur selben Stunde entdeckten zwei Männer von der Küstenwache der Insel Hulm, dreißig Seemeilen vor Bahrain, ein Boot, das Kurs auf den Strand hielt. Bald erkannten sie durch ihr Fernglas, dass es eine Frau steuerte.

Als sie sich endlich im Schutz der Insel fühlte, ließ die Frau erschöpft die Ruder sinken. Vier schwere Tage lagen hinter ihr. Martha von Suttner verabscheute ihren Mann und an das Leben in Bombay hatte sie sich nie gewöhnt. Deshalb nutzte sie jede Gelegenheit, um nach Europa zu fliehen. Und jedes Mal schnürte es ihr auf der Rückreise den Hals derart zu, dass sie nachts unter Atemnot litt.

Die Tage in ihrer Mutterstadt Hannover waren wunderschön gewesen. Doch dann die Rückfahrt, die sie Tag um Tag Indien und dem eiskalten Wesen namens Charles Morley näher brachte. Plötzlich die Wende, als sie in den Golf einfuhren. Die rauschenden Tage in Kuwait. Danach dann wieder das Ausgeliefertsein an Bord eines Schiffes, das ihr wie ein Gefängnis vorkam. Der Wind war günstig, die *Black Prince* glitt schnell durchs Wasser. Martha von Suttner spürte schmerzlicher denn je, dass es keinen Ausweg mehr gab. Ihre Verzweiflung war so groß, dass sie in der Nacht an der Reling stand und daran dachte, sich ins Wasser zu stürzen. Doch was würde dann aus ihrem Sohn Thomas? Sie konnte mit niemandem sprechen. Kapitän Benjamin Briggs war ein undurchsichtiger Mann. Er spielte den Arglosen, doch nachts hörte sie zweimal, wie die Männer große Kisten auf Boote verluden, die von der arabischen Küste gekommen waren.

Dann passierte es. Sie wollten wie jeden Abend zu dritt essen: Martha, Thomas und der Kapitän. Doch eine Stunde vorher wollte Thomas unbedingt den Frachtraum inspizieren und die Whiskyfässer zählen. Der Kapitän erlaubte es nicht ohne Aufsicht, doch alle Männer steckten bis zum Hals in Arbeit. Thomas drängte so lange, bis seine Mutter nachgab und mit ihm hinunter in den Bauch des Schiffes stieg, den sie bis dahin noch nie betreten hatte. Er war randvoll mit Fässern und Säcken. Dann plötzlich ein Ruck, das Schiff schlingerte und schwenkte nach links. Über ihren Köpfen Schreie, wildes Durcheinander. Anfangs vermutete Martha: Piraten. Auch an eine Meuterei auf dem Schiff dachte sie, doch schließlich drangen Worte und Sätze auf Arabisch an ihr Ohr, die Befehle enthielten. Dazwischen angsterfülltes Gejammer der Besatzung. Wie ein Chor plärrten die Seeleute und versuchten sich als Unschuldslämmer darzustellen, die nur ihr Brot auf dem Schiff verdienten und mit Waffen nichts zu tun hätten.

Mit einem Mal stand es ihr glasklar vor den Augen: Die Männer sahen, dass ihnen kein gieriger Pirat gegenübertrat. Es war ein Racheakt gegen Englands Politik und speziell gegen das Schiff, das dauernd unter dem Deckmantel des Handels mit Olivenöl und Datteln die Freunde Englands mit Waffen belieferte. Im Kernland des Hidschas tobte ein erbarmungsloser Krieg zwischen der Sippe der Raschids, die von den Osmanen und Deutschen unterstützt wurden, und der der Saudis, die England ergeben waren und von der englischen Krone heimlich, doch sehr effektiv mit Waffen unterstützt wurden. Und Kapitän Benjamin Briggs spielte eine Schlüsselrolle bei der Lieferung dieser Waffen.

Im Frachtraum versteckten sich die Fürstin und ihr Sohn hinter den Whiskyfässern. Sie hörten Kapitän Briggs »Mein Gott« rufen, bevor er zu Boden fiel. Er war der Erste, der hingerichtet wurde. Dann folgten die anderen Männer. Ihre Leichen wurden ins Wasser geworfen. Bald vernahmen Martha von Suttner und Thomas, wie draußen Haifische im Blutrausch immer wieder gegen den Schiffsrumpf schlugen.

Noch einmal hörte Martha Schritte und wilde Rufe. Sie begriff, dass die Rächer einen versteckten Seemann erwischt hatten. Er schrie um Hilfe, dann war alles still. Martha erwartete, dass nun auch Thomas und sie von den Angreifern entdeckt würden. Ihr Herz pochte bis zum Hals und es schien ihr lauter als alle Schritte, alles Klappern und alle Rufe.

Tatsächlich wurde der Frachtraum von einem der Männer kurz inspiziert; aber dann rief er den anderen zu, es sei niemand unten, und ging weiter.

Danach senkte sich bleischwere Stille über Martha und ihren Sohn.

Thomas fragte leise, ob er hinaufschleichen solle. Sie verneinte und lauschte die ganze Nacht. Immer wieder bildete sie sich ein, jemanden zu hören. Die beiden taten kein Auge zu. Erst am frühen Morgen wagte es Martha, vorsichtig nach oben zu steigen. Es bot sich ihr ein furchtbarer Anblick: Das Schiff war blutverschmiert und wie ausgestorben. Es trieb führerlos auf dem Meer.

Sie wusste, dass sie sich und Thomas retten musste. Sie

kehrte zu ihm zurück und sprach mit ihm wie mit einem erwachsenen Freund. Sie erzählte ihm die Wahrheit über ihre gescheiterte Ehe mit seinem Vater und bat ihn zu verstehen, dass sie nie wieder nach Indien zurückkehren wolle. Er wünschte nichts anderes, als bei ihr zu bleiben, wohin sie auch immer ginge. So nahm sie Sextant, Navigationsbücher, etwas Proviant und viel Wasser und ruderte los. Sie hatte ein klares Ziel vor Augen.

Die Fürstin wusste, wenn überhaupt ein Flecken Erde sicher vor dem Zugriff des allmächtigen britischen Militärs war, dann Hulm, die unbeugsame Insel im Persischen Golf. Diese Insel kannte kaum fremde Herrschaft. Schwer zugänglich für große Schiffe und ungastlich durch die Kargheit der Vegetation, war die Insel seit Urzeiten eine Zuflucht für alle Abtrünnigen und Verfolgten. Mit unglaublicher Energie versuchten ihre Bewohner der durch regelmäßige Überflutung salzigen Erde das Notwendige zum Leben abzuringen. Im Lauf der Jahrhunderte hatten sie Dämme gegen das Meer errichtet, die mit der Zeit zu den fortschrittlichsten der Welt wurden.

Hulm war sagenumwoben. Viele Geschichten und Märchen der arabischen Küste berichteten von eigenartigen Bewohnern, die mit dem Teufel im Bunde stünden und deshalb unbesiegbar seien. In der Tat fehlte es nicht an Versuchen arabischer, persischer, griechischer, römischer und osmanischer Herrscher, das Völkchen auszurotten. Aber wie durch ein Wunder wurden die Schiffe der Häscher immer wieder von Stürmen ergriffen und zerschellten an den Felsen, die jäh aus dem Wasser aufzusteigen schienen und den Rumpf der Schiffe aufschlitzten. Im Jahre 1182 ging eine ganze Armada des ehrgeizigen Kalifen Alnassir mit achttausend Mann unter. Nur einige hundert Soldaten überlebten und kehrten erschöpft und eingeschüchtert nach Bagdad zurück, ohne dass die Verteidiger der großen Insel Hulm einen einzigen Pfeil hatten abschießen müssen. Kalif

Alnassir gab nach der schmählichen Niederlage einen Befehl, der noch Jahrhunderte gelten sollte: »Vergesst die Insel Hulm, tilgt sie aus eurem Gedächtnis, denn sie existiert nicht mehr.«

Auch Perser, Griechen, Römer und Osmanen vergaßen sie. Die Insel gehörte, als der englische Einfluss am Golf zunahm, offiziell zur osmanischen Zone, obwohl noch nie ein osmanischer Beamter seinen Fuß auf Hulms Boden gesetzt hatte.

Ebenso wie Hulm wollte sich auch Kuwait weder dem Protektorat Istanbuls noch dem von London unterwerfen. Der gerissene Emir Muhammad Alsabah von Kuwait versuchte eigenständig zu bleiben. Kuwait war aber im Gegensatz zu Hulm wegen seiner Lage und seiner Bodenschätze für die Engländer attraktiv. So galt den Engländern nur die Insel Hulm als Terra incognita.

Fürstin Martha wusste dies alles. Sie verfolgte die Geschichte und die schwierige Situation Arabiens, seit sie als Kind die Sprache gelernt hatte. Gern hätte sie in Kuwait Zuflucht gesucht, doch der Bruder des kuwaitischen Herrschers, Emir Mubarak Alsabah, war ein erklärter Freund Englands. Er rühmte sich anbiedernd damit, das Bild der Königin Viktoria in seinem Salon aufgehängt zu haben.

Also bot nur noch Hulm Martha und Thomas die Möglichkeit zur Rettung.

Die Küstenwache staunte nicht schlecht über die Frau, die stolz auf Arabisch verkündete, dass sie in geheimer Mission unterwegs sei und umgehend zum Sultan der Insel gebracht werden wolle. Der Fürstin und ihrem Sohn Thomas wurde auf das geräumige Dampfboot der Wache geholfen. Unerkannt fuhr man am Hafen der Hauptstadt Sikra vorbei, zum Palast des Sultans Zaki Ben Fahim Chaligi, der über einen eigenen, der Öffentlichkeit unzugänglichen Anleger verfügte.

Der weiße Palast Golfperle war eine eigene kleine Stadt

mit allem, was der Sultan, seine zehn Minister und deren Familien, Wächter und Diener brauchten. Ein Rest aus Tausendundeiner Nacht.

Der Herrscher über die Insel und etwa dreihunderttausend Menschen gewährte der Fürstin Martha und ihrem Sohn eine Audienz. Sie faszinierte schon beim ersten Satz sowohl sein Herz als auch seinen Geist. Sultan Zaki bat sie, als Erzieherin seines einzigen Sohnes im Palast zu bleiben, wo sie ein gutes, freies und geschütztes Leben führen könne, denn Hulms Frauen waren die einzigen in Arabien, die gleiche Rechte wie die Männer besaßen.

Der Sultan wusste von den Gefahren, die der Insel drohten, wenn herauskommen sollte, dass Fürstin Martha hier Asyl gesucht hatte. Die Engländer würden dann keinen Augenblick zögern und die Insel unter dem Vorwand angreifen, sie verfolgten Piraten.

Die zwei Männer der Küstenwache wurden reichlich belohnt. Sie mussten die Hand auf den Koran legen und schwören, dass sie kein Wort über die Ankunft der Frau und ihres Sohnes verlieren würden. Ein Wortbruch hätte für sie den Tod bedeutet.

Um jeder Gefahr aus dem Weg zu gehen, nannte sich Martha vom Tag ihrer Ankunft an Saide, Herrin, was der Name *Martha* in seinem aramäisch-hebräischen Ursprung bedeutet. Ihr Sohn hieß von nun an Tuma – die arabische Übersetzung von *Thomas*. Der Sultan verlieh Martha und Thomas die Prinzenwürde.

Im Palast wurde als offizielle Mitteilung verbreitet, eine Prinzessin namens Saide, halb Araberin, halb Holländerin, sei angekommen, um Kronprinz Hakim in Fremdsprachen zu unterrichten. Ihr Mann, ein holländischer Orientalist, sei auf der Reise nach Hulm gestorben.

Kronprinz Hakim war zwölf Jahre alt und das Gegenteil von Marthas Sohn. Der Prinz war ruhig, fast stoisch und liebte es, im Schatten zu sitzen und Bücher zu lesen, während Thomas – oder Tuma, wie alle ihn nun nannten – zwischen Meer und edlen Pferden sein Paradies gefunden hatte. Er wurde schnell zum besten Reiter der Insel und zum Schwarm vieler Männer und Frauen. Trotzdem waren Hakim und Tuma bald unzertrennlich. Sie nannten sich gegenseitig »Bruder« und ergänzten einander wie zwei Bildhälften. Thomas sprach nach drei Jahren so perfekt Arabisch, als wäre er auf der Insel geboren, und Hakim lernte fleißig Deutsch und Englisch. Niemand aber war glücklicher als der Herrscher, der Saide als Geschenk des Himmels betrachtete, und er freute sich, als sie seinen besten Diplomaten Salih Ben Akil kennen und lieben lernte.

Martha lebte von da an im Glück; bald war die Ehe mit Morley nur noch eine ferne Erinnerung, denn Salih Ben Akil war ein äußerst gebildeter und liebenswürdiger Mann. Doch oft musste sie allein auskommen, denn die Zeit war bewegt und bewegend und Salih war viel auf Reisen, um die politischen Möglichkeiten Hulms zu erkunden. Saide aber kümmerte sich um das Schul- und Gesundheitswesen. Sie war es, die den ersten Kindergarten und die erste Kinderklinik in der Geschichte der Insel gründete. Der Name Prinzessin Saide galt bei der Bevölkerung bald als Synonym für Güte, aber auch für Hartnäckigkeit.

Als ihr Mann einmal in geheimer Mission nach Berlin reiste, beauftragte sie ihn in Absprache mit dem Sultan, ihrer Schwester und ihrer Mutter einen Brief mitzunehmen, der sie beruhigen sollte und zugleich bat, nicht nach dem Ort ihres Aufenthaltes zu fragen. Sie sollten aber die Personalpapiere von Martha und ihrem Sohn erneuern.

Die Verwandten bekamen den Brief und waren erleichtert. Sie besorgten die Papiere und händigten sie ein halbes Jahr später einem Kurier aus, der von Berlin zu ihnen nach Hannover gekommen war und nur mitteilen konnte, dass ein ausländischer Diplomat ihm den Auftrag gegeben hatte. Von nun an meldete sich Martha regelmäßig bei Mutter und

Schwester und schwärmte in langen Briefen von ihrem glücklichen Leben auf einer paradiesischen Insel und davon, dass Thomas ein prächtiger junger Gelehrter geworden war, der mit siebzehn bereits die wichtigsten Werke der deutschen Dichter kennen gelernt hatte.

So vergingen die Jahre und wäre Sultan Zaki Ben Fahim Chaligi nicht im Sommer 1897 plötzlich im Alter von achtundfünfzig Jahren an einem Herzinfarkt gestorben, so wäre die Insel tatsächlich das Paradies auf Erden gewesen. Der Tod des weisen Sultans war für Saide der größte Verlust ihres Lebens. Sultan Zaki verkörperte den Beweis, dass Menschen stolz ohne Verachtung und uneigennützig großzügig sein können.

Hakim, der Kronprinz, war gerade neunzehn und steckte genau wie sein bester Freund voller Pläne. Der Tod des Vaters aber warf sie alle um, und schon musste sich Hakim als der neue Sultan mit Fragen der Diplomatie plagen, die ihn bis dahin nur wenig interessiert hatten.

Doch Tuma stand ihm als Helfer und Berater treu zur Seite. Sie debattierten über die politische Lage der Welt, über das Leben auf der Insel und über den Weg, den der junge Herrscher einschlagen sollte, um dem Wohl seines kleinen Volkes zu dienen. Drei Jahre verflogen, in denen Tuma Erfüllung in dem Bemühen fand, seinem geliebten Freund mit Rat und Tat zur Seite zu stehen.

Am frühen Morgen des 22. Mai 1900 suchte Muhammad Alkatib, der Privatsekretär des Sultans, mehrere Minister sowie einige gelehrte Frauen und Männer auf und lud sie für den Abend zu einer wichtigen und zugleich geheimen Sitzung beim Sultan ein.

Der Empfangssaal war voll, aufgeregtes Gemurmel erfüllte ihn. Thomas begrüßte den Sultan in aller freundschaftlichen Form und nahm den für ihn bestimmten Platz zur rechten Hand des Herrschers ein. Zu seiner Linken saß der

Palastschreiber Abdullah Alfirdausi, ein Gelehrter, dessen Gedächtnis und Schnelligkeit beim Schreiben legendär waren.

»Im Namen Gottes, des allbarmherzigen Erbarmers. Ich habe überlegt«, protokollierte der Schreiber die Worte des jungen Sultans, »was unsere Heimat leisten muss, um nicht im Strudel der aufgewühlten Meere unterzugehen. Die Welt ist im Aufbruch. Die Welt ist das Meer und ihr Rhythmus sind die Wellen. Und zur Zeit kündigen sich hohe Wellen an. Man kann natürlich von Hulm zum Festland und zurück schwimmen. Ich kenne ein paar Meister, die das bei gutem Wetter schaffen, aber das Wetter ist nicht mehr gut, und die Wellen türmen sich zu Bergen. Wer die Entwicklung der Welt ignoriert, geht verloren, wie einer, der bei Sturm ins Meer springt und sich und anderen einredet: ›Ich habe ja immer die Küste erreicht.‹

Die Wellen werden ihn gnadenlos zu ihrem Spielball machen und in der Tiefe ihres Bauches begraben. Besser wäre man also dran, wenn man in einem gut gebauten Schiff mit starken Segeln auf den Wellen schwimmen könnte, seinen Kurs hielte und das rettende Ufer erreichte.

Ich will mit euch dieses Schiff bauen und die Segel gut festbinden. Aber nicht einmal dann kann ich euch versichern, dass wir das andere Ufer heil erreichen werden.

Das Osmanische Reich wird zerfallen, und die Engländer strecken die Hand nach Arabien aus, das anscheinend auf Erdöl schwimmt. Den Süden Persiens haben sie bereits in der Hand, Jemen, Oman, Maskat, Bahrain, Katar und fast die ganze arabische Küste halten sie besetzt. Lord Curzon, der englische Generalgouverneur und Herrscher über Indien, hat kürzlich den Persischen Golf offiziell als ›englischen Binnensee‹ bezeichnet. Muhammad Alsabah, der Emir von Kuwait und Gegner Englands, wurde, wie ihr alle wisst, 1896 zusammen mit seinen wichtigsten Beratern ermordet. Seitdem herrscht sein Bruder Mubarak, der nun, wie ich von unserem Geheimdienst erfahren habe, vor kurzem ein Geheimabkommen mit den Engländern geschlossen hat. Die Deutschen wiederum versuchen mit Krediten, Militärberatern und Eisenbahnbau die Osmanen günstig zu stimmen, damit die ihre Pläne unterstützen. Letztes Jahr bekamen sie den Auftrag, eine Eisenbahnlinie von Istanbul über Anatolien durch das östliche Arabien bis zum Golf zu bauen. Endstation sollte Kuwait sein. Damit hofften die Deutschen, die Seemacht England über den Landweg zu umgehen und Deutschland direkt mit Arabien zu verbinden. Die Idee ist genial, denn der Orientexpress verbindet bereits Paris, Stuttgart, München, Wien und Budapest mit Istanbul. Damit wären wir hier am Golf nach einer kurzen Fahrt mit den wichtigsten Hauptstädten Europas verbunden, und jede Ware, die in Paris, Berlin, Wien oder Budapest hergestellt wird, könnte nach einer Woche hier sein.

Der deutsche Kaiser Wilhelm II. besuchte vor zwei Jahren zum zweiten Mal den Orient, um Istanbul zu zeigen, dass die Deutschen zuverlässige Freunde sind. Die Engländer sind natürlich über die Annäherung zwischen den Osmanen und den Deutschen und über die Pläne für den Bau einer Eisenbahn empört. Sie fühlen, dass ihre Macht am Golf bedroht ist, und nun stehen wir mitten im Ringen der Giganten. Ich wiederhole: Hulm befindet sich mittendrin. Der Golf wird durch seine Lage und seine Mineralien das pulsierende Herz der Zivilisation. Wir gaben vier Weltreligionen, nun geben wir den Saft für die Maschinen.

Die Europäer werden kommen. Das ist kein böser Wille, sondern der Lauf der Zeit, und wir sollten uns darauf vorbereiten, das von ihnen zu nehmen, was uns passt, und das Übrige zu lassen. Nur so werden wir stark genug sein, um der ganzen Welt die Tür öffnen zu können und sie willkommen zu heißen.

Daher sind Arbeiten am Hafen ganz wichtig. Wir wollen

uns nicht hinter unpassierbaren Riffen verstecken, sondern unsere Häfen auf den neuesten Stand bringen. Sie sollen der Welt signalisieren, dass sie bei uns willkommen ist.

So wie der Hafen, so sollte auch unsere Seele sich öffnen. Ich habe beschlossen, unsere besten Schüler in alle Welt zu schicken, damit sie sich in der Welt kundig machen. Wenn sie danach zurückkehren, wollen wir mit ihnen den Weg suchen, den wir beim Aufbau des Landes gehen müssen.

Nun, meine Erzieherin Saide pflegte zu sagen, wenn man ein Volk gründlich kennen lernen will, so sollte man vor allem seine Literatur lesen. In der Tat kann ich sagen, dass ich, ohne Amerika oder Frankreich je gesehen zu haben, dennoch weiß, wie die Menschen dort leben, fühlen und denken. In einem guten Roman entfalten sich alle Facetten eines Landes vor den Augen des Lesers.

Ich habe deshalb beschlossen, zehn Kundschafter in die wichtigsten europäischen Länder zu schicken: nach Deutschland, England, Frankreich, Russland, Spanien, Portugal, Ungarn, Italien, Holland und Polen. Dort sollen sie ein Jahr lang bleiben und uns dann ihre Empfehlungen der bedeutendsten Dichter und Philosophen dieser Völker vortragen. Eine geheime Gelehrtenkommission wird unter meiner Aufsicht entscheiden, welche dieser Dichter und Dichterinnen in unseren Schulen und Universitäten künftig gelehrt werden sollen, damit unsere Jugend an die Kulturen der Welt herangeführt wird.

Mit unserem Wissen wollen wir Kanäle und Dämme bilden und dann soll die Flut nur kommen. Die Kanäle leiten das, was wir brauchen, dorthin, wo es am nützlichsten ist, und die Dämme schützen uns vor dem, was wir nicht brauchen. Anderenfalls werden wir nie im Stande sein, die Europäer zu verstehen.

Unsere Kinder und Jugendlichen sollen wissen, wer die Fremden sind. Sie sollen Achtung vor ihnen haben und ihnen selbstbewusst entgegentreten. Und mögen unsere

Gegner das auch für einen unmöglichen Traum halten, die Wirklichkeit war am Anfang immer ein Traum. Um diesen Traum die erste Wurzel schlagen zu lassen, werden wir schon heute mit der Errichtung eines großen Zentrums der Weisheit aller Völker beginnen. Es soll nach dem Vorbild des Hauses aufgebaut werden, das der Kalif Al Ma' mun vor über tausend Jahren in Bagdad errichtete. Das Haus der Weisheit soll die Übersetzer beherbergen. Dort werden sie arbeiten und ihre Erfahrungen austauschen. Sie sollten bestens bezahlt werden, denn ihre Arbeit ist heikel, und auf ihren Schultern ruht große Verantwortung. Das wusste schon der große Förderer der Wissenschaft, Al Ma'mun, und wir werden es ihm nachtun.

Verantwortlich für das Haus wird der gelehrte Professor Taher Aref sein, der in Paris, Rom und London große Anerkennung fand und sich doch entschieden hat, auf seine kleine Insel Hulm zurückzukehren.

Unsere Insel hat Glück, weil sie Fremden gegenüber immer freundlich war. Die Fremden haben uns bereichert. Heute Morgen brachte mir mein Minister für Informationen die Namen von sieben Männern und drei Frauen, die ursprünglich aus europäischen Ländern stammen und freiwillig hier bei uns leben. Sie werden in die Länder ihrer Muttersprache reisen und uns nach ihrer Rückkehr Bericht erstatten. Mein Bruder Tuma selbst wird zu diesem Zweck nach Deutschland gehen. Gott helfe uns allen, auf diesem Weg das andere Ufer zu erreichen.«

Bericht
des wohlgeborenen Prinzen
Tuma
über die Tauglichkeit der Dichtung von
Johann Wolfgang von Goethe
für die Länder des Orients

Der Bericht wurde mit Gottes Hilfe
von Abdullah Alfirdausi geschrieben,
dem Palastschreiber des von Gott begnadeten
Herrschers über die Insel Hulm,
Sultan Hakim Ben Zaki Chaligi.

Die erste Nacht, in der von den Leiden des jungen Werthers und von der absoluten Liebe erzählt wurde

Prinz Tuma verabschiedete sich und machte sich auf den langen Weg nach Berlin. Ein Jahr lebte er dort, und als er zurückkam, war ein kleiner Lastwagen notwendig, um all die Bücher und Hefte zu transportieren, die er aus Deutschland mitbrachte. Unser geliebter Sultan hat Prinz Tuma bei seiner Rückkehr persönlich am Hafen empfangen und seine Ankunft wurde in allen Ehren gefeiert. Tuma erzählte einen ganzen Abend von seinen Abenteuern. Allein darüber könnte man ein dickes Buch schreiben, doch Seine Majestät, Sultan Hakim Ben Zaki Chaligi, wünschte an diesem Abend noch kein Protokoll.

Prinz Tuma sollte sich ein halbes Jahr nehmen, um dann vorbereitet vor die Kommission zu treten. Das war wahrlich keine allzu lange Zeit. Die Kommission war äußerst streng, und sie hatte bereits mehr als die Hälfte der vorgeschlagenen Dichter anderer Nationen abgelehnt. So hatten bald alle Sprecher verstanden, wie ernst der Sultan und seine Kommission die Sache nahmen, und versuchten ihre Dichter und Denker noch überzeugender vorzustellen.

Zu jedem Redner sagte der Sultan: »Nutze die Zeit und überzeuge uns, denn bald wollen die anderen ihre Dichter und Denker vorstellen, und du kommst — wenn überhaupt — erst in einem halben Jahr wieder dran. Du darfst in dieser Runde mit allen Mitteln deinem Auserwählten huldigen, nur eins sollst du nicht tun: uns langweilen.«

So sprach er auch zu seinem besten Freund, Prinz Tuma, als dieser an der Reihe war. Hier ist das Protokoll, das ich wortgetreu aufgeschrieben habe.

Prinz Tuma stand mitten in dem kleinen blauen Salon, und die Kommission saß im Halbkreis um ihn herum. Sultan Hakim nahm genau ihm gegenüber Platz. Insgesamt zwölf Mitglieder hatte die Kommission, vier Frauen und acht Männer. Sultan Hakim führte als dreizehntes Mitglied die Versammlung. Die Namen der Kommissionsmitglieder sollen wie in den früheren Berichten geheim bleiben, um ihnen durch die Anonymität die völlige Freiheit der Meinungsäußerung zu gewährleisten.

Tuma begann:

»Lieber Bruder und gerechter Herrscher Hakim,

verehrte Damen und Herren der Gelehrtenkommission,

ich habe die Ehre, euch die besten Denker Deutschlands vorzustellen. Wenn man die deutsche Seele verstehen will, so sollte man wenigstens Goethe, Heine, Nietzsche und Schopenhauer lesen. Ich habe ihre Werke und noch einige andere mitgebracht, die ich euch, wenn ihr erlaubt, in den nächsten Jahren nach und nach vorstellen möchte.

Heute beginne ich mit dem Fürsten dieser Dichter und Denker: Johann Wolfgang von Goethe.

Das Leben des großen Dichters Johann Wolfgang von Goethe ist so reich und vielschichtig, dass ich mindestens sieben Nächte brauchen würde, um es euch auch nur ein wenig anschaulich zu illustrieren. Und doch würdet ihr nur das dürre Gerüst der Fakten haben, nicht aber den ganzen Boden der Poesie. Aber wie sollte ich sieben Nächte vor euch verbringen, ohne je über seine großen Werke zu sprechen, allein nur über sein Leben? Ihr würdet mich drängen, endlich zur Sache zu kommen. Wollte ich es dagegen heute an einem Abend erledigen, so täte ich dem Meister und euch Gewalt an, denn nichts würde euch anschaulich werden. Ein solch spröder Bericht würde dem schillernden Leben des Dichters jede Farbe nehmen.

Lieber will ich direkt in den Ozean seiner Dichtung springen und euch auf ihren Wellen tragen und in ihre Tiefe entführen. Goethes Poesie ist immer anschaulich und letzten Endes dauerhafter als ihr Schreiber. Ganz am Ende meines Berichtes, wenn alles gesagt ist, will ich dem Protokollanten ein paar Blätter über das Leben des Dichters überreichen, die alle wichtigen Daten und Taten dieses großen Mannes enthalten.

Das erste Werk, mit dem ich euch Goethe vorstellen möchte, ist sein Roman ›Die Leiden des jungen Werthers‹. Er machte den jungen Dichter über Nacht berühmt. Es geht in dem Buch um die Suche nach der absoluten Liebe, für die es keine Möglichkeit der Erfüllung gibt.«

Der Sultan lächelte. »Bei Gott, Goethes Herz schlägt ja orientalisch, denn die Hälfte unserer Dichtung berichtet von unerfüllter Liebe. Denkt nur an Qais und Leila, die durch die Geschichte ›Leila und Madschnun‹ berühmt wurden. Hier wurde die Liebe verhindert, weil Qais zu laut die Schönheit seiner Angebeteten pries. Das betrachtete ihr Vater als Schande und verheiratete sie mit einem anderen. Daraufhin verlor Qais den Verstand und zog, seine Geliebte besingend, herum, bis er elendig starb. Irgendwann wusste man seinen Namen nicht mehr und nannte ihn nur noch Madschnun, den Verrückten der Leila.«

Diese Worte entzündeten bei den Mitgliedern der Kommission die Erinnerung an tausendundeine Geschichte von ähnlicher absoluter und unerfüllter Liebe. Ich konnte aus dem Stimmengewirr keinen vernünftigen Satz mehr heraushören. Mir ist nur Prinz Tuma aufgefallen, der allein stand und lächelte ...

Der Sultan bat um Ruhe, doch die Gemüter waren schon zu sehr in Aufregung geraten. Seine Bitte bewirkte aber immerhin, dass die Worte nun aus dem Knäuel der Stimmen entwirrt werden konnten.

»Mich hat besonders geärgert, dass immer so großzügig vom Leid der Männer erzählt wird. Ich habe als Studentin häufig die Verse gezählt, in denen vom Schmerz der Frauen, die an solchen Tragödien beteiligt waren, berichtet wurde. Ich fand heraus, dass die nicht einmal zehn Prozent ausmachen«, meldete sich eine junge Gelehrte zu Wort.

»Wer weiß, vielleicht sind Frauen, wenn es um den Verstand geht, doch das stärkere Geschlecht und die Männer im Grunde ihrer Seele nur Jammerwesen«, erwiderte ein alter, blinder Gelehrter mit melodischer Stimme.

»Nun gut«, rief einer der jüngeren Männer der Kommission, »lassen wir uns doch von Prinz Tuma mit der Zunge Goethes über die unerfüllte Liebe erzählen.«

Der Kreis der Frauen und Männer wurde still.

»Der Roman ›Die Leiden des jungen Werthers‹ ist eines der größten Werke des Meisters«, begann Tuma. »Wenn ich bereits zu Lebzeiten Goethes vor diese Kommission hätte treten müssen, hätte ich vermutlich sogar gesagt, es handle sich um sein größtes Werk überhaupt. Denn genau dafür hielt man den Roman ›Die Leiden des jungen Werthers‹ und man hat Goethe lange Zeit zuallererst mit diesem Werk in Verbindung gebracht. Noch nach fünfundzwanzig Jahren, als er auf dem Höhepunkt seines Schaffens war, sprach ihn sogar der französische Kaiser Napoleon I. bei einer Begegnung sogleich auf dieses Buch an, das er, wie Goethe befriedigt feststellte, *durch und durch mochte studiert haben.* ›Die Leiden des jungen Werthers‹ gehörten in der Tat . . poleons Lieblingslektüre, und er hatte das Buch in seiner Feldbibliothek gleich neben den beiden von ihm hochver ehrten Autoren der französischen Revolutionszeit, Voltaire und Rousseau, einordnen lassen.

Mit dem ›Werther‹ hatte Goethe die Herzen einer ganzen Generation, in Deutschland ebenso wie im übrigen Europa, erobert. Das ist umso erstaunlicher, weil der Dichter den Roman im Februar/März 1774, also im Alter von noch nicht einmal fünfundzwanzig Jahren und in kaum mehr als vier Wochen niedergeschrieben hat. Goethe selbst hatte zwei Jahre zuvor eine unglückliche Liebe durchlitten. Seit damals bereitete er den Roman vor. Die Atemlosigkeit, mit der er ihn aber nun zu Papier brachte, lässt sich leicht als Akt der Befreiung von eigenen Erinnerungen deuten. Eine unglaubliche Leistung für jemanden, der zuvor lediglich eine Reihe von Gedichten und ein Theaterstück publiziert hatte.

Der ›Werther‹ konnte gar nicht schnell genug unter die Leute kommen. Im selben Jahr folgten noch zwei vom Autor korrigierte und genehmigte Nachdrucke, aber auch die waren nicht in der Lage, die riesige Nachfrage zu befriedigen. Es erschienen darum mancherlei Raubdrucke, die zwar den Text mit vielen Fehlern wiedergaben, aber doch die Neugier der Leser befriedigten, denn Goethes Geschichte war überall in der Diskussion.

Das aber ist nun wahrlich kein Wunder, denn Goethe hatte eine Geschichte geschaffen, die die Seele berührte und zugleich die Köpfe verwirrte. Sie wirkte wie ein Paukenschlag, mit dem Goethe die zeitgenössische Gesellschaft aufrüttelte, die selbstzufrieden an den Fortschritt durch die Vernunft glaubte und alle überbordenden Gefühle ungläubig in ihre Schranken verwies. Wie immer in solchen Fällen war es die Jugend, die gegen die Väter rebellierte. Ihr kam Goethes Roman gerade recht, denn er ist die Geschichte einer grenzenlosen, absoluten Liebe, die keine gesellschaftlichen Bedingungen anerkennt, sondern einzig der Stimme des Herzens folgt.

Ich will euch diese Geschichte in groben Zügen erzählen. Und ich hoffe, dass ihr ein wenig von meiner Wiedergabe ergriffen werdet, denn der ›Werther‹ verdient eure Aufmerksamkeit.«

Hier machte Tuma eine erste Pause, um einen Schluck des durch den Saal duftenden, mit Minze aromatisierten Tees zu nehmen. Aber schon merkte er, wie ungeduldig die Kommission nach seiner Vorrede auf die Geschichte des »Werther« wartete. Deshalb setzte er die Schale mit einem leichten Klirren wieder zurück auf den Tisch und begann:

»Werther ist ein zielloser junger Mann, der seine Tage ohne größere Tätigkeiten und Ambitionen verbringt. Gelegentlich zeichnet er, aber auch dabei fehlt ihm die Ernsthaftigkeit eines wirklichen Künstlers. Er ist finanziell ausreichend versorgt, sodass er in der Welt herumziehen kann, um sie sich ausgiebig anzuschauen. Dabei fühlt er sich gelöst von allen Bindungen seiner Vergangenheit: *Du fragst, ob du mir meine Bücher schicken sollst? – Lieber, ich bitte dich um Gottes willen, laß mir sie vom Halse. Ich will nicht mehr geleitet, ermuntert, angefeuert sein, braust dieses Herz doch genug aus sich selbst*, schreibt er an seinen Freund Wilhelm. Dieser ist der Einzige, zu dem Werther mit fortwährenden Nachrichten noch Kontakt hält. Die Briefe an ihn machen zusammen fast den gesamten Roman aus.

Ich habe allerlei Bekanntschaft gemacht, Gesellschaft habe ich noch keine gefunden, schreibt Werther an Wilhelm und dann: *Die meisten verarbeiten den größten Teil der Zeit, um zu leben, und das bißchen, das ihnen von Freiheit übrig bleibt, ängstigt sie so, daß sie alle Mittel aufsuchen, um es los zu werden. O Bestimmung des Menschen!*

Diesem gesellschaftlichen Zwang versucht sich Werther zu entziehen. Er lächelt darüber, dass sich die Menschen mit ihrer Gelehrsamkeit brüsten, aber das ihm so wesentlich erscheinende Gefühl ganz außer Acht lassen. *Ich kehre in mich selbst zurück und finde eine Welt*, hält Werther dagegen. Auch als er auf die Liebe zu sprechen kommt, bespöttelt er die halbherzigen Gefühle der bürgerlichen Gesellschaft mit deren eigenen Worten: *Feiner junger Herr!*

Lieben ist menschlich, nur müßt ihr menschlich lieben! Teilet
Eure Stunden ein, die einen zur Arbeit, und die Erholungs-
stunden widmet Eurem Mädchen. Berechnet Euer Vermögen,
und was euch von Eurer Notdurft übrig bleibt, davon ver-
wehr' ich Euch nicht, ihr ein Geschenk, nur nicht zu oft, zu
machen, etwa zu ihrem Geburts- und Namenstage.

Schon in Werthers ersten Briefen wird Sehnsucht nach
der wahren Liebe deutlich, die zum einzigen Maßstab seines Lebens werden und dieses mit Sinn erfüllen soll. Ihr
seht schon, dass Goethe Werther ganz als einen Menschen
des Gefühls anlegt, dem tatkräftiges Handeln fremd ist.

Die schwärmerischen Gefühle Werthers finden schließlich ihr Ziel in der Tochter des fürstlichen Amtmanns,
Lotte. Die versorgt nach dem Tod der Mutter mit ihren
sechzehn Jahren beherzt die elf jüngeren Geschwister,
so wie sie es der Sterbenden auf dem Totenbett versprochen
hat. Der gefühlsbetonte Werther verliebt sich also ausgerechnet in ein Mädchen, das das genaue Gegenteil von ihm
selbst ist, ein Mensch der Tat. Aber wo die Liebe eben hin-
fällt! Das gilt hier in doppelt schwerem Sinne, denn Lotte
ist zudem schon vergeben – *an einen sehr braven Mann, der*
weggereist ist, seine Sachen in Ordnung zu bringen (…) und
sich um eine ansehnliche Versorgung zu bewerben, wie Werther erfährt.

Das alles kümmert ihn nicht, denn er ist verliebt. Er
sucht Lottes Nähe und wandert täglich zu ihr hinaus ins
Haus des Amtmanns, wo es nicht schwer fällt, den fernen
Bräutigam Albert zu ignorieren. Und Lotte? Auch sie fühlt
sich von Werther angezogen, der sie als junge Frau wahr-
nimmt und mit seiner schwärmerischen Liebe umfängt.

Werther macht es Lotte leicht, denn ohne Rücksicht auf
gesellschaftliche Regeln sitzt er bei den Kindern und spielt
mit ihnen. Das Einzige, was für ihn zählt, ist Lottes Nähe –
und er akzeptiert ihre Tatkraft. Denn Lotte ist, ganz anders
als Werther, immer aktiv: mal hier, mal da, für den Amt-

mann oder auch für eine sterbende Freundin. Einmal fahren die beiden zusammen zu einem entlegenen Pfarrhaus. Dort überschatten zwei alte Nussbäume den Hof, deren Kronen sich wie ein lebendiges, schützendes Dach ineinander verschränken. Die beiden Bäume werden zum Sinnbild für die Liebe, die Werther ersehnt.

Sechs Wochen dauert die schöne Zeit: Dann kehrt Albert zurück, und Werther beschließt schweren Herzens zu gehen: ... *so wär's unerträglich, ihn vor meinem Angesicht im Besitz so vieler Vollkommenheiten zu sehen. – Besitz! Genug, Wilhelm, der Bräutigam ist da! Ein braver, lieber Mann, dem man gut sein muß. Glücklicherweise war ich nicht beim Empfange!*, schreibt er an den Freund. Spürt ihr die tiefe Verletzung, die schon aus diesen Zeilen spricht? Neun Tage später formuliert Werther sie in einem neuen Brief an Wilhelm ganz offen: *Und kannst du von dem Unglücklichen, dessen Leben unter einer schleichenden Krankheit unaufhaltsam allmählich abstirbt, kannst du von ihm verlangen, er solle durch einen Dolchstoß auf einmal ein Ende machen? Und raubt das Übel, das ihm die Kräfte verzehrt, ihm nicht auch zugleich den Mut, sich davon zu befreien?*

Verzweifelt erbittet Werther von Albert zwei Pistolen für eine Reise: eine geplante Flucht ins Gebirge. In Alberts Gegenwart setzt er sich scherzhaft den Lauf an die Schläfe. Albert aber hat keinerlei Verständnis dafür, dass jemand so töricht sein könnte, sein Leben selbst zu beenden.

Ach ihr vernünftigen Leute!, ruft Werther daraufhin aus. *Leidenschaft! Trunkenheit! Wahnsinn! Ihr steht so gelassen, so ohne Teilnehmung da, ihr sittlichen Menschen, scheltet den Trinker, verabscheut den Unsinnigen, geht vorbei wie der Priester und dankt Gott wie der Pharisäer, daß er euch nicht gemacht hat wie einen von diesen. Ich bin mehr als einmal trunken gewesen, meine Leidenschaften waren nie weit vom Wahnsinn, und beides reut mich nicht.* Hier findet ihr wieder den Konflikt, der den ganzen Roman durchzieht: Der vernünftige, tatkräftige Albert reagiert mit Unverständnis auf das schwärmerische Naturell Werthers und kann dessen Ideal einer absoluten Liebe nicht anerkennen.

Es ist jedoch nicht Albert, der Werther aus dem Haus treibt. Im Gegenteil: Er sucht geradezu Werthers Freundschaft und schenkt ihm sogar zum Geburtstag *eine der blaßroten Schleifen, die Lotte vor hatte, als ich sie kennen lernte, und um die ich sie seither etlichemal gebeten hatte.* Aber Werthers leidenschaftliche Liebe zu Lotte erlaubt keine Kompromisse. Weil er Lotte nicht uneingeschränkt lieben darf und ihm jeder konkrete Anspruch auf sie fehlt, muss er sie verlassen, auch wenn es ihm das Herz zerreißt. Ohne ein Wort des Abschieds macht er sich schließlich davon. Damit endet der erste Teil des ›Werther‹.«

Tuma verstummte und griff nach seiner Schale. Seine Kehle musste nach dieser langen Rede sehr trocken sein. Aber uns Zuhörern schien es der falsche Moment zu sein. Wir waren gebannt und fragten uns, was nun aus Werther würde. Hatte er Alberts Pistolen dabei? Zum Glück merkte Tuma bald am Geraune im Saal, was uns drückte, stellte die Schale wieder zurück und erklärte: »Ich bitte die Kommission um Vergebung für meine Unachtsamkeit. Nein, von den Pistolen war nur kurz im erwähnten Gespräch mit Albert die Rede. Die Flucht ins Gebirge trat er nie an, und als er beschloss, Lotte und Albert wirklich zu verlassen, konnte er Albert nicht abermals um die Waffen bitten, zumal er sein Vorhaben vor den beiden geheim halten wollte.«

Wir waren erleichtert, und die Kommission gewährte Tuma endlich die verdiente Redepause, die auch ich brauchen konnte, um meine vom Schreiben verkrampfte Hand zu entspannen. Aber Tuma verlängerte die Pause nicht über Gebühr, damit seine Zuhörer noch den ersten Teil seines Berichts im Ohr hatten, wenn er mit dem zweiten begann:

33

»Was aber soll Werther anfangen in der Welt, in die er so überstürzt aufgebrochen ist? Er hat kein anderes Ziel als die Liebe, und seine Liebe ist einzig auf Lotte gerichtet. Es ist Herbst. Werther leidet. Er fühlt sich nicht besser, seitdem er Lotte mit Albert zurückgelassen hat. Er beschließt, in den Krieg zu ziehen, um alles hinter sich zu lassen. Aber nur halbherzig begibt er sich zu einem ihm bekannten General, der ihm deshalb energisch von seinem Vorhaben abrät.

Auch dieser Versuch Werthers, aktiv zu handeln, scheitert also. Ohne die Liebe als Zugkraft ist er der Ziellose, der nicht weiß, wohin er gehört. *Wo ich hin will?*, schreibt er an Wilhelm. *Das laß dir im Vertrauen eröffnen. Vierzehn Tage muß ich doch noch hier bleiben, und dann habe ich mir weisgemacht, daß ich die Bergwerke im **schen besuchen wollte, ist aber im Grunde nichts dran, ich will nur Lotten wieder näher, das ist alles. Und ich lache über mein eigenes Herz — und tu' ihm seinen Willen.*

Werther gibt sich seiner Orientierungslosigkeit im Grunde willig hin, weil auch sie ihm als fester Bestandteil seiner absoluten Liebe erscheint. Nach den Monaten in der Ferne beginnt er nun aber, anders als früher, zu denken, dass nur er ein wahres Recht auf Lotte besitzt. *Und darf ich es sagen? Warum nicht, Wilhelm? Sie wäre mit mir glücklicher geworden als mit ihm! O er ist nicht der Mensch, die Wünsche dieses Herzens alle zu füllen. Ein gewisser Mangel an Fühlbarkeit, ein Mangel — nimm es, wie du willst.* Werther ist nicht mehr gerecht gegenüber Albert. Er malt sich aus, wie es wäre, wenn Albert stürbe. Und: *Ich begreife nicht, wie sie ein anderer lieb haben kann, lieb haben darf, da ich sie so ganz allein, so innig, so voll liebe, nichts anderes kenne, noch weiß, noch habe als sie.* Werther glaubt, sich sein Recht, wie auch immer, verschaffen zu müssen. Er fühlt sich krank an seiner Seele, solange sich seine Liebe zu Lotte nicht erfüllt. Nur ist das jetzt endgültig unmöglich geworden. Lotte und Albert sind inzwischen verheiratet und Lotte lebt auch nicht mehr bei ihrem Vater im Amtmannshaus, sondern mit Albert zusammen.

Werther spürt sofort, als er hinkommt, dass dort kein Platz mehr für ihn ist und Albert über seine Gegenwart diesmal weniger froh ist als früher. Er entflieht zu dem entlegenen Pfarrhaus, aber die beiden herrlichen Nussbäume wurden inzwischen gefällt, weil sie der neuen Pfarrersfrau im Licht standen. Werthers Gemütszustand verschlimmert sich. Es beschäftigt ihn jetzt, wie lange Lotte und Albert die Lücke fühlen würden, die sein Tod in ihr Leben risse.

Im Grunde weiß er schon genau, dass es für ihn keinen Weg mehr gibt, die Liebe seines Lebens noch zu gewinnen. *Ich leide viel, denn ich habe verloren, was meines Lebens einzige Wonne war, die heilige belebende Kraft, mit der ich Welten um mich schuf; sie ist dahin.* Werther erlebt, wie sich auch für Lotte die Situation zuspitzt. Ist es Lotte selbst oder Albert, der darauf drängt, dass Werther verschwindet? Egal, Lotte spürt, dass ihre Ehe an Werther zerbricht, wenn er noch länger bleibt. Also bittet sie ihn, wenigstens in den Tagen vor dem anstehenden Weihnachtsfest nicht mehr zu kommen, sondern erst am Heiligen Abend mit Albert und ihr die Weihnachtsfreude zu teilen. Aber wie soll Werther das verstehen? Ausgerechnet jetzt, als sich herausstellt, dass Albert in den Tagen vor Weihnachten nicht da und also Lotte allein im Haus ist, soll er sie nicht mehr sehen? Hat er das Glück, endlich mit Lotte allein zu sein, nicht lange herbeigewünscht? Er hält die Verzweiflung nicht aus. Muss er denn Rücksicht nehmen? Gehorsam sein? Angepasst an einen bürgerlichen Anstand, den er verachtet? Es zieht Werther so unerbittlich zu Lotte hin, dass er ihre Bitte einfach ignoriert. Er glaubt sogar, es um der Absolutheit der Liebe willen tun zu müssen. Und es passiert noch mehr: Als er bei ihr ist, kommt es zu dem lange ersehnten Kuss.

Werther!, ruft Lotte mit erstickter Stimme, sich abwendend, und dann: *Das ist das letzte Mal! Werther! Sie sehn mich nicht wieder!* Sie kann nun nicht mehr anders handeln, selbst wenn sie ihn liebt. Auch sie hat Werther geküsst und seine Hand an ihren Busen gedrückt. Wenn sie ihre Ehe retten will, muss sie Werther endgültig entsagen.

Schon lange beschäftigen Werther Gedanken an den Tod, die sich nun nicht mehr verdrängen lassen. Er hatte sich von der Liebe die völlige Freiheit und Losgelöstheit von allen weltlichen Regeln versprochen. Seit seiner Rückkehr zu Lotte und Albert im Herbst erfährt er die gegenteilige Wirkung, und seine unerfüllte Liebe macht ihm das Weiterleben unmöglich. Nur der Tod kann ihn befreien und von den Qualen seiner Liebe erlösen.

Am Ende bittet er nochmals Albert – wie schon am Schluss des ersten Teils – in einem Brief: *Wollten Sie mir wohl zu einer vorhabenden Reise Ihre Pistolen leihen? Leben Sie wohl!* Albert, der bei seiner Rückkehr Lotte angemerkt hat, dass etwas passiert ist, gibt ausgerechnet ihr den Auftrag, die Pistolen auszuhändigen. Was könnte für Werther ein schöneres Liebespfand sein? *Und du, Geist des Himmels, begünstigst meinen Entschluß, und du, Lotte, reichst mir das Werkzeug, du, von deren Händen ich den Tod zu empfangen wünschte, und ach! nun empfange.* Werther erschießt sich. Damit endet Goethes Roman ›Die Leiden des jungen Werthers‹.«

Tuma war am Ende seines Berichts angekommen, und ich, der Protokollant, beobachtete mit einem Blick auf die Mitglieder der Kommission, wie sie die tragische Liebesgeschichte ergriffen hatte. Es fiel ihnen sichtlich schwer, aus dem Bann der Erzählung zurückzukehren. Lange Zeit war kein Räuspern zu hören, kein Tee wurde zum Munde geführt. Es schien, als läge der tote Werther mitten im Saal. Endlich, nach langen Minuten, hob Sultan Hakim die Stimme und dankte Tuma für seinen Vortrag.

»Ein tragisches Schicksal«, kommentierte ein alter Ge-

lehrter, »und obwohl man weiß, dass sich Werther unbe-
lehrbar in die Spirale des Todes begibt, gewinnt man ihn
lieb und empfindet ein tiefes Mitleid mit seinem Schicksal.
Dass es Goethe gelingt, das zu zeigen, ist, so glaube ich, genial. Aber in einer anderen Hinsicht ist er es nicht weniger.
Werther mag ein typischer Sohn seiner Zeit gewesen sein,
aber diese bedingungslose Ergebenheit an die Liebe ist
ebenso arabisch wie deutsch. Ich erinnere an das große
Werk Dscha'far Assaradschs, den *Tod der Verliebten*, oder an
das Werk von Daud Alantaki, *Geschichten der Verliebten*.
Ich erinnere mich an eine Geschichte daraus, die mich damals genauso erschüttert hat wie die Erzählung über den
›Werther‹ heute, aber wahrscheinlich ist es jetzt zu spät, um
noch eine weitere Geschichte zu erzählen«, sagte der alte
Mann.

»Für eine gute Geschichte ist es nie zu spät«, erwiderte
eine Frau. Die anderen stimmten ihr murmelnd zu.

»Ich bitte Sie, hochverehrter Lehrer, beschenken Sie uns
mit einer Geschichte aus den alten Zeiten«, bat nun auch
der junge Sultan.

»Ihr Wunsch ist mir Befehl, Majestät«, sagte der Gelehrte und begann: »Es ist eine Geschichte, die in verschiedenen Variationen erzählt wird, die aber im Grunde
immer denselben Verlauf hat. Ein Beduine suchte lange
nach einem verlorenen Kamel. Schließlich wurde er müde
und hungrig. Er erblickte einen Schäfer mit einer großen
Herde und da es bereits dunkel wurde, blieb der Beduine in
jener Nacht bei ihm. Der Hirte bewirtete ihn großzügig
und sie saßen eine Weile am Feuer, bevor sich der Beduine
im Zelt schlafen legte. Plötzlich erwachte er von Geflüster
und erkannte, dass eine Frau beim Schäfer war. Sie blieb bis
zur Morgendämmerung, dann erst eilte sie davon. Als es
hell wurde, wollte der Beduine zu seinem Stamm zurückkehren, aber der Schäfer bat ihn, die drei Tage bei ihm in
der Einöde zu verweilen, die damals jeder Fremde in Ara-

bien Gastrecht genoss. Den ganzen Tag verwöhnte der Schäfer seinen Besucher. Als es Abend wurde, merkte der Beduine, dass der Schäfer unruhig zu werden begann. Er ging auf und ab, sprach besorgt und schaute in die Richtung, aus der die Frau gekommen war. Als der Beduine ihn nach ihr fragte, antwortete der Schäfer: ›Wir liebten uns bereits als Kinder, doch ihr Vater lehnte mich wegen meiner Armut ab und verheiratete sie gegen ihren Willen an einen reichen Mann. Ich verließ meine Heimat, um ihnen zu folgen, denn die Hauptsache ist für mich, in ihrer Nähe zu sein. Da mich ihr Mann nicht kennt, konnte ich mich bei ihm als Schäfer verdingen. So bin ich hier draußen mit den Schafen und wir treffen uns seither heimlich. Heute Abend wollte sie kommen, aber nun ist es zu spät. Ich fürchte, es ist ihr etwas zugestoßen.‹ Er bat den Beduinen, bei den Schafen zu bleiben, nahm sein Schwert und ging. Als er nach kurzer Zeit zurückkehrte, trug er die tote Frau auf den Armen. Ein Löwe hatte sie angefallen. Er legte sie auf den Boden und eilte erneut davon, um kurz darauf mit dem Kopf des toten Löwen zurückzukommen. Er warf ihn zu Boden und verfluchte ihn. Dann beugte er sich zärtlich über seine Geliebte, küsste sie und weinte bitter. Den Beduinen bat er noch, ihn gemeinsam mit seiner Geliebten zu begraben, und erstach sich dann mit seinem Schwert.«

»Und denkt doch nur an den andalusischen Dichter Ibn Hazm, den großen Experten der Liebe«, sagte ein älterer Spezialist für die andalusische Dichtung, »der sinngemäß schrieb: Die Liebe ist eine unheilbare Krankheit, doch wer von ihr befallen ist, verlangt nicht nach Heilung.«

»Ja, die Liebe«, seufzte ein beleibter, junger Gelehrter, »die Liebe ist eine Krankheit, die schlaflos macht und den Geist zerstreut. Sie ist eine Bestie. Sie wohnt im Herzen und frisst das Fleisch vom Knochen, und das Allerschlimmste ist, man kann auf sie nicht verzichten. Ich sage das nicht als Experte für vorislamische Dichtung, sondern als ein unglücklich Verliebter. Und mein Bruder, der meine Angebetete kennt und nicht sonderlich findet, lacht mich aus. Doch er hat nicht meine Augen, nicht meine Ohren und auch nicht mein Herz.«

»Ja, aber bei dir merkt man gar nichts von der Bestie«, sagte der Sultan mit Blick auf das Übergewicht des Mannes, und alle schmunzelten. »Das liegt daran«, sagte der Mann ernst, »dass mein Herz die Bestie eingesperrt hat und sie nicht an das Fleisch lässt. Aber nun frisst sie das Herz und bald, du wirst es noch erleben, Majestät, bald ist bei mir hier« – er klopfte auf die eigene Brust – »kein Herz mehr und ich laufe herzlos herum.« Und dann lachte er schallend über seinen Einfall.

Die Kommission zog sich zur Beratung zurück. Es dauerte nicht einmal eine halbe Stunde und schon kehrten die Frauen und Männer zurück.

»Du wirst verstehen, Tuma, dass nicht alles an diesem Roman Goethes, wie du ihn vorgetragen hast, unsere Billigung findet«, sprach der Sultan. »Gerade in einer solch schwierigen Zeit hätten wir gerne auch in der Literatur Bekanntschaft mit einem tatkräftigen Manne geschlossen. Und doch erkennt die Kommission die absolute Kraft dieser Liebe an, der sich Werther verschreibt, die nichts neben sich dulden kann, wenn sie nicht Verrat üben will. Solche Geschichten ergreifen das Herz des Menschen, wie wir es, glaube ich, selbst gespürt haben.« Die übrigen Mitglieder der Kommission nickten zustimmend, und der Sultan fuhr lächelnd fort:

»Einem Dichter, der uns so tiefen Einblick in die Seele eines außergewöhnlichen Menschen gibt, wollen wir gern weiter unser Ohr leihen. Du, Tuma, bereite dich deshalb für morgen Abend auf einen weiteren Vortrag über Goethe vor, dem wir dann ebenso gern folgen wollen wie heute.«

Die zweite Nacht,
in der es um Wilhelm Meister
und die Leidenschaft für
das Theater ging

»Lieber Freund und Bruder,
verehrte Mitglieder der weisen Kommission,
in der letzten Nacht habe ich euch von Goethes Roman ›Die
Leiden des jungen Werthers‹ erzählt. Heute möchte ich
euch ein Werk vorstellen, das ebenfalls die Vielschichtig-
keit des Autors Goethe zeigt: ›Wilhelm Meister‹. Ein um-
fangreicher Roman, dessen erster Teil schon 600 Seiten um-
fasst. Zunächst will ich euch aber wieder erzählen, wie sich
der ganze ›Meister‹-Stoff bei Goethe entwickelt, d. h. wie
lange der Dichter an ihm gearbeitet hat. Den ersten Teil
des ›Wilhelm Meister‹ hat Goethe 1777 begonnen, also mit
28 Jahren. 1786 gab er das Fragment zunächst auf. Acht
Jahre später setzte er sich, auf Anregung von Friedrich
Schiller, wieder an die Arbeit, schrieb die bisherigen Kapitel
weitgehend um und fuhr mit dem Stoff fort. 1796 endlich
war der Roman ›Wilhelm Meisters Lehrjahre‹ beendet.
Knapp zwanzig Jahre hatte es gedauert. Aber damit war der
Stoff für Goethe noch nicht erschöpft. Er schrieb weiter und
verfasste den zweiten Teil, ›Wilhelm Meisters Wanderjahre‹, den er schließlich, nach noch einmal 25 Jahren, 1821
veröffentlichte. Aber noch immer ließ ihm das Thema keine
Ruhe, und so überarbeitete er den zweiten Teil erneut, um
ihn in der letzten Fassung erst acht Jahre später, 1829, vorzu-
legen. Das war drei Jahre vor seinem Tod. Zwischen dem
Anfang und dem Ende von Goethes Auseinandersetzung
mit dem Romanstoff liegen also 52 Jahre Entwicklung.
 Um ehrlich zu sein: Ich traue mich nicht recht an den

zweiten Teil heran. Die ›Wanderjahre‹ sind ein Meisterwerk, bei dem ich noch lange brauchen werde, um es in seiner Gesamtheit verstehen zu können. Gestattet mir also,
mich ganz allein auf den ersten Teil, ›Wilhelm Meisters
Lehrjahre‹ zu beschränken, denn das ist der Teil, der mir
am vertrautesten ist.

Tuma hörte einen Moment auf zu sprechen, doch er zögerte
seinen Bericht über die »Lehrjahre« nicht lange hinaus. Er
nahm nur ein großes Bündel Notizen zur Hand, die auf dem
Tisch lagen und viele Stichworte und auch einige Skizzen
enthielten. Er blätterte sie noch einmal kurz durch, als
wolle er sich ein letztes Mal orientieren und die wichtigsten Stationen des Romans ins Gedächtnis rufen. So wie ich
als Protokollant die Notizen sah, verhießen sie einen langen, anstrengenden Abend für mich, und ich war herzlich
froh, dass Tuma nicht auch noch von den ›Wanderjahren‹
berichten würde. Ich hätte sonst um mein Handgelenk
bangen müssen. Auch die Mitglieder der Kommission
schienen mit der Eingrenzung des Stoffes einverstanden,
hatten Sie es sich doch verdient, nicht allzu spät nach Hause
zu kommen, sich an der Brust ihrer Frauen und Männer ein
wenig auszuruhen und jenen ihre Liebe zu beweisen. Tuma
nahm auf das Nicken des Sultans, mit dem Bericht zu beginnen, noch schnell einen Schluck Tee zu sich. Dann, nachdem er die Schale zurückgestellt hatte, fing er wie folgt an
zu erzählen:

»Wilhelm Meister ist jung und sentimental, als wir ihn
kennen lernen. Seine große Leidenschaft ist das Theater –
die Bühne, die Stücke, und vor allem auch die Schauspieler.
Eine der Künstlerinnen, mit Namen Mariane, liebt und
verehrt er. Abend für Abend nach der Vorstellung wartet er
auf sie, bis sie aus dem Theater kommt.
Sein Vater allerdings darf nicht wissen, dass er mit ihr die

Nächte verbringt. Der ist ein kühler Geschäftsmann, der ein kleines Imperium aufgebaut hat und dessen Handelsbeziehungen sich zu seinem Stolz weit in die Lande hinaus erstrecken. Die Kunst allerdings hat in seinem Leben keinen Platz, weil man an ihr – das ist sein einziger Maßstab – kein Geld verdienen kann.

Das nun fordert Wilhelms Widerstand gegen den Vater heraus. Wilhelm ist anders. Seit er als Kind ein Puppenspiel gesehen hat, versucht er, so gut er es versteht, selbst Theater zu spielen. Ein begeisterter Dilettant, der nur darauf wartet, sich endlich den Zugang zur großen Theaterwelt zu verschaffen. Mit Mariane, so scheint es ihm, hat sich plötzlich die Tür geöffnet, vor der er so lange gewartet hat. Fast fühlt er sich nun, als gehöre er selbst schon dazu.

Wilhelms Liebe zu Mariane ist einerseits die leidenschaftliche Erfüllung all seiner gärenden Jugendträume. Gleichzeitig ist sie aber auch Protest gegen den Vater und Wilhelms Versuch, sich von dessen kalter Geldgier zu distanzieren.

Auch Werther protestierte einst gegen die Gefühlskälte der Vätergeneration und verschrieb sich der absoluten Liebe als dem Gegenstück zur nüchternen Vernunft. Was für Werther die Liebe zu Lotte ist, das ist für Wilhelm allerdings eher die totale Besessenheit vom Theater. Mariane ist dabei eigentlich nur die wunderbare Verkörperung der Theaterwelt, zu der sie ihm Zugang verschafft. Und als er durch einen Zufall feststellt, dass er nicht ihr einziger Liebhaber ist, sondern dass sich Mariane von einem reichen Kaufmann aushalten lässt, ist er entsetzt und gekränkt. Er verlässt sie, ohne auch nur noch einmal mit ihr zu sprechen. Andernfalls hätte er vielleicht erfahren, dass Mariane ein Kind von ihm erwartet. Erst viel viel später wird Wilhelm das entdecken. An ihrer grenzenlosen, aber von Wilhelm verschmähten Liebe geht Mariane, allein und verlassen, zu Grunde.

Enttäuscht zieht Wilhelm fort, sein Vater schickt ihn gerade jetzt auf eine erste Handelsreise. Er reist lustlos durchs Land und treibt väterliches Geld ein, das ihm nichts bedeutet. Auf seiner Reise begegnet Wilhelm nach einer Weile einem gestrandeten Schauspielerpärchen, dessen Theatertruppe sich mangels Geld aufgelöst hat. Bühnendekoration und Kostüme schlummern in einem Pfandhaus. Andere glücklose Schauspieler treten dazu. Wilhelm bezweifelt von Anfang an, dass dieser verlorene Haufen dem entspricht, was er sich vom Theater erträumt hat, aber er ist trotzdem nicht in der Lage fortzugehen. Die Theaterleidenschaft erwacht wieder in ihm. Gleichzeitig spürt er, dass nur er diesen Leuten eine neue Chance geben kann, weil nur er über genügend Geld verfügt, um Kostüme und Bühnenbild beim Pfandhaus auszulösen.

Obwohl Wilhelm weiß, dass es sich um ein denkbar schlechtes Geschäft handelt, lässt er sich durch das immer stärkere Drängen der Gruppe überreden. Zweifel bleiben ihm aber, ob er wirklich mit den Schauspielern weiterziehen soll. Die zusammengewürfelte Truppe sucht einen Lebensunterhalt, teilt dabei aber nicht Wilhelms Leidenschaft für das Theater – die erzielten Resultate sind erbärmlich. Wilhelm verschleudert währenddessen das Geld seines Vaters, anstatt seinen Auftrag zu erfüllen. Den Ausschlag gibt schließlich eine zufällige Begegnung: Bei einer Gauklertruppe, die im Ort auftritt, entdeckt Wilhelm ein Kind, halb Junge, halb Mädchen, wie es scheint, ein wundersam südländisch aussehendes Geschöpf, das sein Mitleid weckt. Verzweifelt kauft er es einem der Gaukler ab, als *der das interessante Kind bei den Haaren aus dem Hause zu schleppen bemüht war, und mit einem Peitschenstiel unbarmherzig auf den kleinen Körper losschlug.* Das Kind heißt Mignon. Was aber für Mignon die Rettung ist, kratzt weiter am väterlichen Vermögen, das Wilhelm hätte sorgfältig verwalten sollen. Aber er kann doch das Kind nicht einfach

seinem Schicksal überlassen? Wie bei der armseligen kleinen Schauspielerschar fühlt sich Wilhelm verantwortlich
und handelt intuitiv nach seinem Gefühl. Doch mit einem
Kind könnte Wilhelm nun, selbst wenn er es wollte, unmöglich noch durch die Lande reisen und seine Handelsge-
schäfte erledigen. Also entscheidet er sich, bei den Theater-
freunden zu bleiben, was ihm im Grunde nicht gänzlich
unlieb ist. Und für Mignon Sorge zu tragen beruhigt ihn.
Wenig später stößt auch noch ein blinder Harfenspieler zu
ihnen. Der und Mignon werden nun Wilhelms ›Familie‹,
die es ihm unmöglich macht, auszusteigen und von dem
kleinen Theater Abschied zu nehmen.

So folgt er schließlich – immer ein bisschen außenste-
hend – der Truppe, als sie auf ein nahe gelegenes Schloss zu
einem Gastspiel eingeladen wird. Wichtiger als der dortige
erste Auftritt des Theaters wird für Wilhelm die Begegnung mit den Bewohnern des Schlosses. Er verliebt sich
nicht nur in die Gräfin, sondern er lernt auch – und das ist
noch wichtiger – die Stücke Shakespeares und vor allem
dessen Tragödie ›Hamlet‹ kennen. Wilhelm ist begeistert.
Alles, was er bisher über Theater gewusst hat, scheint ihm
unwesentlich im Vergleich zu diesem Stück über den Sohn
des großen Dänenkönigs, der einem Brudermord zum Opfer fällt und von seiner Frau mit dem Mörder betrogen
wird.

Der Geist des ermordeten Vaters verpflichtet Hamlet
eigentlich zur Rache, er aber verliert sich in seiner Zerris-
senheit zwischen Schmerz und Zorn, moralischen Skrupeln
und der Verzweiflung an sich selbst. Es liegt in Wilhelms
Natur, dass er von diesem Hamlet ergriffen ist, in dem er
seine eigene Unentschlossenheit und Zögerlichkeit wider-
gespiegelt findet. Er setzt sich aber nun in den Kopf, dass er,
wenn er dem Theater weiterhin treu bleiben will, dieses
Stück inszenieren muss. Doch mit seiner Truppe? Wird das
gelingen? Aber – auf der anderen Seite – hat er denn eine

andere Möglichkeit? Besessen von dem Wunsch, das Stück auf die Bühne zu bringen, verdrängt er alle Zweifel.

Die Zeit des Gastspiels im Schloss ist vorbei und die Sorgen des Alltags drohen zurückzukehren. Schlimmer noch: Auf dem Rückweg in die Stadt wird die kleine Theatertruppe überfallen und all ihrer Habe beraubt. Dekorationen und Kostüme, einst von Wilhelm für das Theater gekauft, werden zerstört und sind nicht mehr zu gebrauchen. Die Schauspieler schieben in ihrer Wut und Verzweiflung Wilhelm die Schuld zu, weil er zu dem kürzeren, aber gefährlicheren Weg geraten hat. Wilhelm, der selbst als Einziger bei dem Überfall schwer verletzt wurde, kann sich nur erinnern, dass ihn eine junge Amazone rettete. Der Vorwurf der Schauspieler kränkt ihn tief, aber in einem Anfall von Stolz verzichtet er auf jegliche Ansprüche gegen die selbstsüchtigen Spieler. Nein, wirklich, er ist nicht der Mann, der wie sein Vater kaltnüchtern Schulden eintreibt, wenn er ein Recht dazu hätte. Wilhelm bringt noch immer nicht die Gefühlskälte eines Geschäftsmannes auf, sondern versteckt sich stattdessen hinter seinen Gefühlen. Der Gedanke an die fremde Amazone, die ihn gerettet hat und die nun unauffindbar scheint, beschäftigt ihn. Er kann sie nicht vergessen. Halbwegs gesundet, besinnt er sich auf seine immer wiederkehrende Leidenschaft, das Theater. In der Folge bindet er sich noch fester an die kleine Truppe und hilft ihr, das Theater so aufzubauen, dass sie den ›Hamlet‹ spielen kann.

Diesmal kommt ihm das Glück zu Hilfe. Er trifft den bekannten Theaterdirektor Serlo und dessen Schwester Aurelie, eine Schauspielerin, die nur dann überzeugend agieren kann, wenn sie glaubt mit einer Rolle sich selbst zu spielen. Aurelie und Serlo sind konsequent gegenteilig angelegt: Serlo, der kühle Rechner, weiß durchaus, dass er mit Wilhelms Schauspieltruppe nicht gerade das große Los zieht, was die künstlerischen Fähigkeiten betrifft. Gleichzeitig fühlt er sich aber durch sie in die günstige Lage versetzt, sein altes Ensemble loszuwerden, das gerade höhere Gagen verlangt. Ganz anders Aurelie. Sie kann nicht verwinden, dass sie ein Mann, den sie liebte, wegen einer anderen verlassen hat. Nur auf der Bühne findet sie zeitweilig ein Ventil für ihre Verzweiflung. Immerhin ist sie es aber, die – weil sie in der Ophelia aus ›Hamlet‹ genau ihre Rolle der verschmähten Liebhaberin erkennt –, Wilhelm hilft, Serlo zum ›Hamlet‹ zu überreden. Als dieser schließlich einwilligt, übernimmt Wilhelm nicht nur die Regie, sondern zugleich auch die Hauptrolle im Stück. Und nun wird Wilhelm auf einmal aktiv und setzt beharrlich das Stück so durch, wie er es sich vorstellt. Als Regisseur wächst er in dieser Zeit plötzlich einen deutlichen Schritt über seinen Hamlet hinaus. Wilhelm macht aus dem ›Hamlet‹ kein mundgerechtes Stück für ein träges, allem Neuen verschlossenes Publikum, wie Serlo dies anstrebt. Von seinen Schauspielern verlangt er bei den Proben eiserne Disziplin. Es ist, als ob ein Knoten geplatzt wäre: Wilhelm reagiert nicht mehr, sondern er agiert und ist nur noch gespalten zwischen der Rolle des Regisseurs und der des Hamlet im Stück. Kein Wunder, dass die Premiere der Höhepunkt seiner Theaterkarriere wird. Nach der Vorstellung gibt es ein rauschendes Fest mit allen Spielern.

Aber Wilhelm hat es noch immer nicht geschafft. Sein Glück ist nur von kurzer Dauer. Nachts brennt das Theater samt allen Kulissen ab. Mignon stürzt auf Wilhelm zu und ruft: *Rette deinen Felix!* Deinen? Eine verrückte Aussage, aber Wilhelm achtet nicht weiter darauf, sondern rettet den Jungen aus dem Feuer, den er für den unehelichen Sohn Aurelies hält. Es stellt sich heraus, dass der Harfenspieler versucht hat, Felix zu töten. Ein Wahnsinniger, den man in Sicherheit bringen muss. Es wird ein trauriger Abschied für Wilhelm, der den Harfenspieler und seine traurigen Balladen immer sehr mochte.

Doch wie geht es jetzt weiter? Zwar wird am nächsten Tag wieder gespielt, aber der Brand hat die Verhältnisse am Theater verändert. Serlo braucht neues Geld, und auch die Schauspieler sind unzufrieden. Es dauert nicht lange, da überlegt Serlo mit einigen aus Wilhelms Truppe, wie er mit seichteren Stücken die Situation des gebeutelten Theaters verbessern kann. Der ›Hamlet‹ wird schließlich zugunsten von publikumswirksameren Opern abgesetzt. Eine gute Gelegenheit für Serlo, alle ihm unliebsamen Leute auszubooten – auch Wilhelm.

Zu den Opfern gehört aber auch Serlos Schwester Aurelie. Sie zerbricht nun an ihrer eigenen traurigen Geschichte. Als sie stirbt, kann Wilhelm gar nicht anders, als sich neben Mignon nun auch noch um Felix zu kümmern. Alle anderen sind verschwunden oder haben sich auf die Seite von Serlo geschlagen. Wilhelm hält jetzt nichts mehr bei diesem Theater. Er entschließt sich also endlich dazu, aufzubrechen. Er geht mit dem letzten Wunsch Aurelies im Kopf, den Mann aufzusuchen und anzuklagen, der ihr den letztlich tödlichen Schmerz zugeführt hat. Wilhelm soll Aurelie rächen, so wie Hamlet seinen Vater rächen sollte. Ein theatralischer letzter Akt für seinen Abgang vom Theater. Dieser führt aber, anders als bei Hamlet, unverhofft in ein neues Leben, vor dem Wilhelms Theaterleidenschaft schließlich verblassen wird.

Als er – ein wenig wie der berühmte Phoenix aus der Asche – aus dem verbrannten Theater aufbricht, trifft er unverhofft auf eine völlig andere, neue Gesellschaft: Deren Maxime ist – im Gegensatz zu der seiner alten Theatertruppe, in der nur jeder immer an sich und den eigenen Vorteil dachte – das Prinzip des gemeinschaftlichen, zielgerichteten Handelns. Jarno, den Wilhelm schon kennt – es ist der, der ihn im Grafenschloss auf Shakespeare aufmerksam machte –, erklärt ihm eines Tages die Grundgedanken der Turmgesellschaft, in die Wilhelm auf der Suche nach

Aurelies ehemaligem Geliebten geraten ist: *Die meisten Menschen, selbst die vorzüglichen, sind nur beschränkt, jeder schätzt gewisse Eigenschaften an sich und andern, nur die begünstigt er, nur die will er ausgebildet wissen. (...) Von dem geringsten tierischen Handwerkstriebe, bis zur höchsten Ausübung der geistigen Kunst, vom Lallen und Jauchzen des Kindes, bis zur trefflichen Äußerung des Redners und Sängers, vom ersten Balgen der Knaben bis zu den ungeheuren Anstalten, wodurch Länder erhalten und erobert werden, vom leichtesten Wohlwollen und der flüchtigsten Liebe, bis zur heftigsten Leidenschaft und zum ernstesten Bunde, von dem reinsten Gefühl der sinnlichen Gegenwart bis zu den leisesten Ahndungen und Hoffnungen der entferntesten geistigen Zukunft, alles das und weit mehr liegt im Menschen und muß ausgebildet werden; aber nicht in einem, sondern in vielen. Jede Anlage ist wichtig, und sie muß entwickelt werden. Wenn einer nur das Schöne, der andere nur das Nützliche befördert, so machen beide zusammen erst den Menschen aus. (...) Es ist Ihre Sache zu prüfen und zu wählen und die unsere, Ihnen beizustehen.*

In dieser Gemeinschaft wird dem Menschen große Freiheit eingeräumt, aber gleichzeitig große Verantwortung übertragen. Wilhelms Racheauftrag verblasst schnell vor diesen ihn faszinierenden Prinzipien der Turmgesellschaft, die ausgerechnet von jenem Lothario angeführt wird, von dem sich Aurelie betrogen fühlte. Das Streben nach Gemeinsamkeit und danach, jeden Einzelnen so zu fördern, dass er gleichzeitig der Gemeinschaft nützlich und selbst glücklich sein kann, war Wilhelm bisher fremd. Jeder in der Theatertruppe um Serlo hatte nur stets sich selbst im Auge gehabt und nie daran gearbeitet, seine Fähigkeiten für das größere Ganze auszubilden. Sogar Aurelie strafte jeden mit ihrem besessenen Hass gegen Lothario und spielte selbst ihre Rollen nur aus der Leidenschaft ihres Hasses heraus. Auch sie hatte nur ihr eigenes Unglück vor Augen. Das

Glück, das Lothario mit einer anderen Geliebten fand, hatte sie nie akzeptieren und respektieren können. Ein neuer Gedanke Goethes wird hier spürbar, der den großen Dichter seitdem immer wieder beschäftigt hat.

Auch Wilhelm hat sich gegenüber seiner Theatergruppe nicht konsequent sozial im Sinne der Turmgesellschaft verhalten. Er ist zwar für das Theater eingetreten, aber er hat die Schauspieler nicht zu den höheren Weihen der Kunst hin erzogen. Im Gegenteil, sie hatten wenig begriffen, als sie sich gegen ihn und auf die Seite Serlos stellten. Der ›Hamlet‹ war Wilhelms Stück gewesen, nicht wirklich das gemeinsame Werk der ganzen Truppe.

Genauso hat Wilhelm zwar aus Mitleid Mignon zu sich genommen, den Harfner und zuletzt auch noch Felix, aber er hat sie doch meist sich selbst überlassen. Ganz ähnlich, wie er einst auch, aus gekränkter Eitelkeit, seine erste Liebe, die Schauspielerin Mariane, sich selbst überließ.

Jetzt plötzlich stößt er im Umkreis der Turmgesellschaft durch einen Zufall wieder auf Marianes Spur. Und er muss erfahren, wie schlimm Mariane, die damals von ihm schwanger war, den schmerzhaften Verlust des Geliebten erlebte. Doch anders als Aurelie konnte Mariane Wilhelm nicht hassen, sondern trauerte im Stillen um ihn und starb bei der Geburt des gemeinsamen Sohnes Felix. Es ist also wahr, was Mignon Wilhelm im brennenden Theater zurief: Felix ist Wilhelms Kind. Mariane aber ist gestorben und Wilhelm trägt die Schuld an ihrem Tod. Wie soll er mit dieser Vergangenheit fertig werden? Wilhelm ist kurz davor, zu verzweifeln.

Aber da tritt die Turmgesellschaft in Aktion. Sie hilft einzurichten, was der Einzelne selbst nicht überschaut. Hier kennt man die geheimnisvollen Wege des Lebens und was man nicht weiß, versucht man zu ergründen. Man bemüht sich also, Wilhelm wieder Lust am Leben zu machen, indem man ihn mit Aufgaben für die Gemeinschaft versorgt. Und man versucht, ihm eine Frau nahe zu bringen, die helfen kann, die Trauer um Mariane zu überwinden. In Natalie erkennt Wilhelm schließlich die lang gesuchte Amazone wieder, die ihm bei dem Überfall auf die Schauspieltruppe das Leben rettete und seitdem unauffindbar schien.

Wilhelms Glück ist nun zum Greifen nah. Natalie ist nicht nur die von ihm ersehnte Geliebte, sondern sie ist auch aktiver als Wilhelm in der Lage, sich um die Erziehung seines Sohnes Felix zu kümmern. Alles hat die Turmgesellschaft zum Besten eingefädelt, aber gleichzeitig hat doch jeder die Freiheit, sich nach seinen eigenen Bedürfnissen und Wünschen zu entscheiden.

Dieses Prinzip beschränkt sie jedoch nicht auf den privaten Bereich, sondern überträgt ihn auch ins Politische. Die Idee der Turmgesellschaft ist es, sich in der Gesellschaft zu engagieren und die sozialen Unterschiede auszugleichen. In dieses Leben versucht sich nun Wilhelm zu integrieren. Auch er will ein für das Gemeinwohl tätiger Mensch werden.

Diese Bemühungen Wilhelms aber sind Thema des zweiten Buchs über Wilhelm Meister, die ›Wanderjahre‹. Nun ist er zunächst am Ende seiner ›Lehrjahre‹ angekommen. Noch ist er etwas unbeholfen, aber von neuem verliebt und endlich in eine glückliche Beziehung eingebettet, die ihn rundum beseelt. Die Gemeinschaft mit Natalie und Felix macht ihn erstmals – wie es Jarno gesagt hatte – zu einem ganzen Menschen.«

Tuma hatte die Stimme zum Abschluss gesenkt. Es war eine dicht gedrängte Erzählung gewesen, die nicht so überschaubar war wie der »Werther«. Eine Geschichte, wie alle fanden, mit einer unerwarteten Entwicklung und einem erstaunlichen Abschied und Neubeginn, aber faszinierend in ihrem Aufbau. Sofort wollte die Kommission wissen, wieso Goethes Blick aufs Theater so negativ sei. Aber Tuma meinte, es sei nur die fehlende Überzeugung der Truppe, der Mangel an echter Leidenschaft oder vielleicht auch absoluter Besessenheit, wirklich das Beste zu erreichen und großes Theater zu spielen, die zur Ablehnung führte.

Der Sultan fragte nach dieser Antwort noch nach einigen Figuren, die Tuma in seinem Bericht erwähnt hatte, aber die dem Sultan in ihrer Bedeutung nicht klar geworden waren. »Erklär mir bitte«, sagte er zu Tuma, »was hatte es mit dem Harfenspieler auf sich und vor allem mit Mignon, dem Kind, das du einmal ausführlich erwähntest und dann nur selten, mit einem kurzen Wort? Hat Mignon denn bei Goethe keine Geschichte, die aufgelöst wird?«

»Doch«, antwortete Tuma, »es liegt nur an der Kürze meiner Erzählung, dass die Geschichten von Mignon und dem Harfenspieler so unzureichend dargestellt sind. In Wirklichkeit haben sie eine eigene große Geschichte, und wenn ihr mir erlaubt, will ich sie euch zum Abschluss noch schnell erzählen.«

(Die versammelte Kommission war damit einverstanden, und also begann ich, der Protokollant, wieder meiner Arbeit nachzukommen.)

»Mignon kommt aus Italien. Das ist das Einzige, was man lange Zeit von ihr weiß. Und dass sie nicht bei der Gauklertruppe geboren wurde, der sie Wilhelm abkaufte. Mignon ist ein stilles, schweigsames Kind. Wenn überhaupt, so erfährt man nur ansatzweise etwas von ihr, sobald sie singt. Im Singen erzählt sie von ihrer Sehnsucht und ihrem Schmerz:

Kennst du das Land? wo die Zitronen blühn,
Im dunkeln Laub die Gold-Orangen glühn,
Ein sanfter Wind vom blauen Himmel weht,

Die Myrte still und hoch der Lorbeer steht,
Kennst du es wohl?
      Dahin! Dahin!
Mögt ich mit dir, o mein Geliebter, ziehn!

Kennst du das Haus? auf Säulen ruht sein Dach,
Es glänzt der Saal, es schimmert das Gemach,
Und Marmorbilder stehn und sehn mich an:
Was hat man dir, du armes Kind, getan?
Kennst du es wohl?
      Dahin! Dahin!
Mögt ich mit dir, o mein Beschützer, ziehn.

Kennst du den Berg und seinen Wolkensteg?
Das Maultier sucht im Nebel seinen Weg,
In Höhlen wohnt der Drachen alte Brut,
Es stürzt der Fels und über ihn die Flut.
Kennst du ihn wohl?
      Dahin! Dahin!
Geht unser Weg! O Vater, laß uns ziehn!

Wie Wilhelm zu Beginn des Romans, ist auch Mignon ganz
von ihren Gefühlen bestimmt, während ihr die Seite der
Vernunft, der Logik des Denkens fehlt. Wilhelm hat ihr geholfen, indem er sie von den Gauklern erlöste. Anschließend aber bleibt sie für ihn nur eine liebe Randfigur, die er
meistens sich selbst überlässt. Er weiß nicht recht, was er
mit ihr anfangen soll, zumal sie sich dem Theaterspielen
verweigert. Und er merkt nicht, dass sie sich, als sie he-
ranwächst, heimlich in ihn verliebt, aber immer wieder
zurückschreckt, wenn andere Frauen in Wilhelms Leben
treten. So verbringt Mignon die meiste Zeit bei dem Harfenspieler, der, wie sie selbst, auch nur in Liedern von Leid
und Schmerz erzählt, und kümmert sich ansonsten liebe-
voll um Felix. Doch in der Turmgesellschaft fühlt sie sich

von dem plötzlich aktiv werdenden Wilhelm noch weiter getrennt, was sie allmählich ganz zu Grunde richtet. Was aber tatsächlich mit Mignon los war, erfährt Wilhelm erst zufällig kurz nach ihrem Tod von einem Markese, der aus den weitverzweigten Verbindungen der Turmgesellschaft auftaucht. Wie sich dabei herausstellt, ist Mignons Geschichte aufs Engste mit der des Harfenspielers verknüpft. Es ist die traurige Erzählung einer entsetzlichen Verstrickung in Schicksal und Schuld.

Augustin, der ältere Bruder des Markese, beschließt in jungen Jahren, ins Kloster zu gehen. Doch ehe er den Plan in die Tat umsetzt, trifft er Sperata, eine junge Frau, in die er sich Hals über Kopf verliebt. Von Stund an verweigert er den Eintritt ins Kloster. Die plötzliche Nachricht, dass Sperata in Wahrheit seine Schwester sei, die man vor ihm und allen andern geheimgehalten habe, hält er verständlicherweise für eine Intrige, um die Verliebten auseinanderzubringen. Doch keine Chance. Stattdessen erwartet Sperata von Augustin ein Kind. Angeblich um Schmach und Schande von der Familie abzuwenden, beschließt der Bischof, Augustin bewusstlos zu machen und dann ins Kloster zu entführen. Sperata erfährt davon nichts, ist aber halbwegs beruhigt, als sie noch Briefe von dem Verschwundenen bekommt, und bringt ihr Kind zur Welt. Erst nach der Geburt erklärt man ihr, dass sie Mignon in Sünde geboren habe und sie deshalb auf Augustin verzichten soll. In Angst vor der Strafe Gottes willigt sie ein. Als schließlich Mignon spurlos verschwindet und für tot gehalten wird, glaubt Sperata an die Erlösung des Kindes von seiner ererbten Sünde. Eine Volksmär besagt, dass der See, in dem man Mignon ertrunken glaubt, die Knochen von Toten preisgibt, wenn sie unschuldig sind. Sperata macht sich deshalb auf die Suche nach den Knochen ihres Kindes, um sicher zu sein, dass Gott sie freigesprochen hat. Die Knochen, die sie findet, stammen von Tieren, werden aber von einer Freundin vertauscht, damit Sperata an die Erlösung ihrer Tochter glauben kann. Eines Morgens, als die Freundin gerade dem Hausarzt im Nachbarzimmer das Kästchen mit den vertauschten Knochen zeigt, erwacht Sperata und sieht auch sich von allen Sünden erlöst, denn sie hat geträumt, dass Gott die Knochen zu sich nahm und ihr die Absolution erteilte. Und die Knochen sind scheinbar wirklich fort.

Das vermeintliche Wunder spricht sich in der Gegend herum, man pilgert zu Sperata und hält sie für eine Heilige. Auch Augustin hört davon und flieht aus dem Kloster, um sie zu suchen, doch Sperata hat endlich Ruhe gefunden. Sie ist bereits tot. Augustin eilt davon, und seine Spur verliert sich.

Die Verbindung zu Wilhelms kleiner Gruppe ist nun schnell erkannt: Der Harfenspieler ist Augustin und Mignons Vater. Weder er noch Mignon wussten, dass sie einander so nah waren. Am Ende stirbt auch er durch einen Irrtum. Doch davon will ich nicht auch noch erzählen. Bleibt nur noch die Frage, warum Augustin bei dem großen Feuer Felix zu töten versuchte. Im Kloster, so hieß es, fühlte er sich immer wieder in seinen Träumen von einem Knaben verfolgt, der ihn zu töten trachtete. Aus der Angst heraus, sterben zu müssen, bevor er Mignon fände, wäre er fast selbst zum Mörder geworden. Hier aber schließe ich lieber Mignons Geschichte.«

Tuma schwieg, und auch wir schwiegen alle betroffen. Es fiel der Kommission schwer, nach diesem Schluss über den »Wilhelm Meister« zu diskutieren. Man konnte sich gar nicht mehr von dem Schicksal Mignons lösen.

Schließlich stellte der Sultan aber doch eine Frage:

»Du hast uns erzählt, Tuma, dass sich die Turmgesellschaft zur Aufgabe gemacht hatte, alle Menschen in ihren großen Gesellschaftsplan einzubinden. Ich verstehe, dass Mignon so ohne Fürsorge nicht gedeihen konnte. Und Wilhelm hatte sich offenkundig nicht genug um das Mädchen gekümmert. Aber wäre es nicht die Aufgabe der Turmgesellschaft gewesen, Mignon zu retten? Wieso lässt Goethe sie ausgerechnet dort in der Runde sterben?«

Tuma überlegte einen Moment, dann antwortete er: »Das ist vielleicht das Erstaunliche an diesem Dichter, dass er der Turmgesellschaft eben nicht die absolute Weisheit zuschreibt, sondern auch sie gelegentlich scheitern lässt. Auch ihr gelingt es nicht immer, alles zu regeln und eine perfekte Welt zu schaffen. Das kann niemand. Und Goethe hat dafür immer wieder Beispiele eingebaut.«

Der Sultan war tief beeindruckt. »Das zeugt von wahrer Größe«, sagte er in die Runde der Kommission.

»Und mir«, sagte ein alter Gelehrter, »erscheint der Roman wie ein gewaltiges Schauspiel über Glück und Unglück, über Liebe und Verrat, aber vor allem über den Weg zur Wahrheit. Goethe zeigt, dass der Weg, den man wählt, auch manchmal durch die Sümpfe des Irrtums führt.«

Die Kommission zog sich daraufhin zur Beratung zurück. Tuma sah heute sehr erschöpft aus, als würde der schwierige Stoff immer noch auf seinen Schultern lasten. Kurz vor Mitternacht war es, als die Kommission zurückkehrte. Die Diener brachten Erfrischungsgetränke und der Sultan hob sein Glas: »Trinken wir auf den Dichter, dessen Dichtung uns morgen wieder beglücken soll, trinken wir auf Goethe.«

DIE DRITTE NACHT,
DIE DER KLUGHEIT UND DEM GESCHICK
DES REINEKE FUCHS GEWIDMET WAR

»Lieber Bruder Hakim,
verehrte Damen und Herren«,
begann Tuma am Abend, »ich bin überglücklich, dass die
Kommission mir weiterhin die Möglichkeit gibt, von meinem Dichter zu erzählen. Heute ist es mir eine Freude,
euch von einer Seite Goethes zu berichten, die Herz und
Seele des Orientalen besonders erfreut. Es ist die des Fabel-
und Märchenerzählers. Die gewaltigste unter den Fabeln
Goethes bleibt wohl der ›Reineke Fuchs‹, in der viel von
Klugheit und List die Rede ist.«

»Merkwürdig«, unterbrach ihn der Sultan, »dass sich alle
Erzähler der Welt darauf geeinigt haben, den Fuchs stets
als den Klugen darzustellen. Mein Vater hatte einen ungewöhnlichen Freund, einen einfachen Fischer, zu dem er einmal jeden Monat ging. Er verkleidete sich dafür, und nur
der Fischer wusste, wer er war. Dieser Fischer erzählte meinem Vater eines Tages eine Geschichte, die mich bis heute
beeindruckt. Kennt ihr die Fabel vom Löwen, vom Wolf und
dem Fuchs?«

»Davon gibt es viele, welche meinst du?«, fragte eine
Historikerin.

»Nein, vom Löwen, vom Wolf und dem Fuchs kenne ich
keine einzige«, stellte ein Gelehrter fest.

»Erzähl mal!«, sprachen die Frauen und Männer jetzt
durcheinander.

Und der Sultan erzählte: »Ein Löwe, ein Wolf und ein
Fuchs erlegten einst gemeinsam einen Wasserbüffel. Der

Löwe schaute seine Partner misstrauisch an und gönnte ihnen nichts von der Beute. Auch die beiden anderen dachten nicht bescheidener.

›Wolf, teile du die Beute unter uns auf!‹, befahl der König der Tiere.

Der Wolf jaulte vor Freude, denn listig wollte er den König mit Schmeicheleien um seinen Anteil bringen. ›Oh, König der Steppe und der Wüste‹, rief er, ›du bist das Oberhaupt, der denkende und edle Kopf aller Tiere, der über sie alle herrscht. Deshalb bekommst du den herrlichen Kopf der Beute. Der Fuchs, dieser Gemeinling, hat mehr Schwanz als Kopf und ist unter uns der Geringste an Kraft und Klugheit, deshalb bekommt er den Schwanz des Büffels. Und ich übernehme den lächerlichen Rest.‹

Der Löwe holte aus und erschlug mit seiner Tatze den Wolf. Dann leckte er sich die Pfote und rief dem Fuchs zu: ›Oh, kluger Gefährte, teile du zwischen uns!‹

Der Fuchs, der nun um Leben bangte, lächelte mit dem Rest seiner Kraft. ›Oh, König der Tiere, dir gehört alles, und ich ... ich erfreue mich allein am Zuschauen.‹

›Klug, klug‹, brüllte der Löwe und schlürfte seinen Speichel vor Gier. ›Aber sag mal, woher hast du diese Weisheit?‹, fragte er und lachte.

›Der Wolf, Majestät‹, erwiderte der Fuchs, ›der tote Wolf hat es mir gerade zugeflüstert.‹ Und er kicherte erleichtert, weil er sich nun in Sicherheit wusste. Dabei riss er immer wieder, unbemerkt von dem gierigen Löwen, große Brocken Fleisch von dem Büffel, die ihn bald satt machten.«

»Eine wunderbare Geschichte!«, rief eine Frau.

»In der Tat, Hakim, Gott segne deine Zunge«, erwiderte Tuma. »Ist es nicht herrlich, wie viele Fabeln es gibt. Auch Goethe hatte schon als Kind manche davon gelesen und gehört, besonders die des griechischen Erzählers Äsop. Obwohl gar nicht sicher ist, dass es diesen Mann wirklich gegeben hat, schrieben die Griechen die meisten ihrer Fabeln ihm zu. Es handelt sich um Geschichten von Löwen, Eseln, Adlern, Hirschen, Eulen – und vor allem vom listigen Fuchs.

Im Lauf der Zeit wurden besonders vom Kampf des Fuchses mit dem Wolf immer mehr Fabeln erzählt. Eine der bekanntesten Varianten dieser Fabeln war schließlich der ›Reineke Fuchs‹. Goethe war bereits als Kind mit dem Stoff der Geschichte vertraut, und 1782 erlebte er bei einer Hofgesellschaft eine Lesung des ›Reineke Fuchs‹. Er war hingerissen. *Vor Jahrhunderten hätte ein Dichter dieses gesungen? Wie ist das möglich? Der Stoff ist ja von gestern und heut'*, notierte er danach.

Er nahm eine Fassung des Dichters Gottsched als Grundlage und schrieb innerhalb von drei Monaten einen ersten eigenen Entwurf in zwölf Gesängen. Bald darauf musste er in den Krieg. Er nahm eine Abschrift mit ins Feldlager und überarbeitete sie dort.

Aber was war neu an seiner Version der Fabel? Der Fuchs war in allen früheren Fassungen der absolut charakterlose Verbrecher gewesen. Goethe drehte aber die Verhältnisse ein wenig um und stellte alle Tiere einfach gegen ihn. So gewann er an Sympathie. Der Fuchs durchschaut die List der Macht und wendet sie gegen seine Feinde. Am Ende ist er bei Goethe ein Schelm mit uns nur allzu bekannten menschlichen Schwächen.

Gleich in den ersten Versen macht Goethe deutlich, dass sich der Fuchs mit allen Tieren anlegt, was ja bei seiner bekannt schmächtigen Gestalt nur eine Schlussfolgerung zulässt: Er ist ihnen allen an *Klugheit* überlegen:

Pfingsten, das liebliche Fest, war gekommen; es grünten und blühten
Feld und Wald; auf Hügeln und Höhn, in Büschen und Hecken
Übten ein fröhliches Lied die neuermunterten Vögel;

Jede Wiese sproßte von Blumen in duftenden Gründen,
Festlich heiter glänzte der Himmel und farbig die Erde.

Nobel, der König, versammelt den Hof; und seine Vasallen
Eilen gerufen herbei mit großem Gepränge; da kommen
Viele stolze Gesellen von allen Seiten und Enden,
Lütke, der Kranich und Markart der Häher und alle die
     Besten.
Denn der König gedenkt mit allen seinen Baronen
Hof zu halten in Feier und Pracht; er läßt sie berufen
Alle mit einander, so gut die großen als kleinen.
Niemand sollte fehlen! und dennoch fehlte der eine,
Reineke Fuchs, der Schelm! der viel begangenen Frevels
Halben des Hofs sich enthielt. So scheuet das böse Gewissen
Licht und Tag, es scheute der Fuchs die versammelten Herren.
Alle hatten zu klagen, er hatte sie alle beleidigt,
Und nur Grimbart, den Dachs, den Sohn des Bruders,
     verschont er.

Isegrim aber, der Wolf, begann die Klage, von allen
Seinen Vettern und Gönnern, von allen Freunden begleitet
Trat er vor den König und sprach die gerichtlichen Worte:
Gnädigster König und Herr! vernehmet meine Beschwerden.

Goethes Fabel verband Witz und Poesie und verzichtete auf
Predigt. Schon die Wahl des sechshebigen Hexameters als
Versform für eine Fabel war ungewöhnlich. Sie wurde im
antiken Griechenland zum Ruhme von Heldentaten gebraucht. Nun aber setzte sie Goethe für einen schelmi-
schen Fuchs ein. Das war mehr als witzig, das war fast eine
Provokation. Aber Goethe variierte zugleich die klassisch
strenge Form des Hexameterepos. Seine Verse bekamen
dadurch einen leichteren Klang.

Viele Kritiker bemängelten bei Goethe, dass er seine
Hexameter nicht richtig bildete, was aber nur seinen freien

59

Umgang mit traditionellen Formen deutlich macht. Andere Dichter und bekannte Kritiker wie August Wilhelm Schlegel sind kläglich daran gescheitert, als sie die ›falschen‹ Hexameter ›perfekt‹ schmieden wollten.«

(Hier muss ich armer Protokollant allerdings zu meinem Bedauern festhalten, dass ich nach einer Weile den Ausführungen Tumas nicht mehr ganz folgen konnte. Und ich erlaube mir zu sagen, dass ich bei den Erläuterungen seiner Klugheit und seinem Wissen über die Kunst des Hexameters unterlegen war.)

Tuma fuhr fort: »Reineke Fuchs wurde seinerzeit leider von der Öffentlichkeit wenig beachtet und von einigen Kritikern sogar abgelehnt. Doch Friedrich Schiller, ein bedeutender Denker und literarischer Freund aus Goethes Zeit, liebte die Fabel. Er war Feuer und Flamme für das Werk.

Doch warum hat Goethe die Fabelform gewählt?

Goethe widerten die Gräuel der Französischen Revolution an, und er versuchte sich zurückzuziehen: *Aber auch aus diesem gräßlichen Unheil suchte ich mich zu retten, in dem ich die ganze Welt für nichtswürdig erklärte, wobei mir denn durch eine besondere Fügung Reineke Fuchs in die Hände kam.*

Die Arbeit am ›Reineke Fuchs‹ verschaffte ihm Ablenkung, wie er später feststellte. Die Reineke-Fabel, die Goethe *unheilige Weltbibel* nannte, *gereichte mir zu Hause und auswärts zu Trost und Freude.* Aber am Ende war ein Werk entstanden, das eben doch politisch Stellung bezog. Es zeigte nicht nur den Betrug der Revolution am Volk, sondern klagte auch allgemein die Gier von Regierungen an. Und damit kann man sagen, dass die Niederschrift der Fabel Goethe doch wieder in die Mitte des politischen Geschehens führte. Von Zurückgezogenheit war keine Spur.

Was erzählt die Fabel?

Der Fuchs Reineke war als Einziger nicht beim Hofempfang des Löwen Nobel. Er fürchtete die Klagen all der Tiere, die von ihm und seiner List geschädigt worden waren. Die Ankläger waren Reinekes Erzfeinde Isegrim, der Wolf, Braun, der Bär, und Hinze, der Kater. Der König schickte Bär und Kater nacheinander los, Reineke zu holen, doch der legte sie herein, und sie entkamen nur knapp dem Tod. Erst Grimbart, der Dachs, vermochte Reineke zu bewegen, doch noch zum Königshof zu kommen. Dort wurde er, wie er befürchtet hatte, angeklagt und zum Tode verurteilt. Aber der Fuchs verlor nicht den Mut und schon gar nicht den Verstand. Auf der Leiter des Galgens stehend, den seine Gegner für ihn errichtet hatten, bettelte er keineswegs um Gnade. Er wusste nämlich von der Gier des Löwen und von dessen Misstrauen gegenüber den Intriganten, die seine Macht aushöhlten. Deshalb stachelte der Fuchs einerseits die Angst des Löwen vor der vermeintlich drohenden Gefahr, andererseits dessen Gier nach weiteren Informationen an:

Aber Gott sei gedankt, ich litt deswegen nicht Hunger;
Heimlich nährt ich mich wohl von meinem herrlichen
  Schatze,
Von dem Silber und Golde, das ich an sicherer Stätte
Heimlich verwahre; des hab ich genug. Es schafft mir
  wahrhaftig
Ihn kein Wagen hinweg und wenn er siebenmal führe.

Und es horchte der König, da von dem Schatze gesagt ward,
Neigte sich vor und sprach: von wannen ist er euch kommen?
Saget an! Ich meine den Schatz. Und Reineke sagte:
Dieses Geheimnis verhehl' ich euch nicht, was könnt es mir
  helfen;
Denn ich nehme nichts mit von diesen köstlichen Dingen.
Aber wie ihr befehlt, will ich euch alles erzählen:

Denn es muß nun einmal heraus; um Liebes und Leides
Mögt ich wahrhaftig das große Geheimnis nicht länger
  verhehlen,
Denn der Schatz war gestohlen. Es hatten sich viele
  verschworen,
Euch, Herr König, zu morden, und wurde zur selbigen Stunde
Nicht der Schatz mit Klugheit entwendet, so war es
  geschehen.
Merket es, gnädiger Herr! Denn euer Leben und Wohlfahrt
Hing an dem Schatz. Und daß man ihn stahl, das brachte
  denn leider
Meinen eigenen Vater in große Nöten, es bracht ihn
Frühe zur traurigen Fahrt, vielleicht zu ewigem Schaden;
Aber, gnädiger Herr, zu eurem Nutzen geschah es!

Und die Königin hörte bestürzt die gräßliche Rede,
Das verworrne Geheimnis von ihres Gemahles Ermordung,
Von dem Verrate, vom Schatz und was er alles gesprochen.
Ich vernahm euch, Reineke, rief sie: bedenket! die lange
Heimfahrt steht euch bevor, entladet reuig die Seele;
Saget die lautere Wahrheit und redet mir deutlich vom
  Morde.
Und der König setzte hinzu: Ein jeglicher schweige!
Reineke komme nun wieder herunter und trete mir näher;
Denn es betrifft die Sache mich selbst, damit ich sie höre.
Reineke, der es vernahm, stand wieder getröstet, die Leiter
Stieg er zum großen Verdruß der Feindlichgesinnten
  herunter;
Und er nahte sich gleich dem König' und seiner Gemahlin,
Die ihn eifrig befragten, wie diese Geschichte begegnet.

Damit war der Hals erst einmal aus der Schlinge. Reineke
wurde rehabilitiert, und seine Feinde, vor allem der Bär
Braun und der Wolf Isegrim wurden ins Gefängnis geworfen. Statt aber, wie Reineke es dem Löwen versprochen

hatte, nach Rom zum Papst zu pilgern, um sich dort von seinen Sünden und dem Bann befreien zu lassen, ging er einfach nach Hause. Zwei Tiere hatten ihn aber bei der Reise nach Rom begleiten sollen: ein Hase namens Lampe und ein Widder namens Bellyn. Beide waren allerdings nicht von hellem Verstand. Reineke kümmerte sich deshalb nicht weiter um sie, änderte die Reiserichtung und wandte sich heimwärts. Dort sprang er den arglosen Hasen in Abwesenheit des zweiten Begleiters an und zerbiss ihm die Kehle. Familie Fuchs hatte so einen leckeren fetten Schmaus. Anschließend betrog er auch noch den Widder und beauftragte ihn, dem König der Tiere eine Tasche zu bringen, die angeblich mit schweren vertraulichen Briefen an den Löwen gefüllt war. Der Widder trug sie hin, doch der Löwe war empört, denn in der Tasche fand sich nichts als der Kopf des Hasen. Nun wusste er, dass ihn der Fuchs betrogen hatte. Der Löwe war außer sich vor Zorn, nicht nur über den Fuchs, sondern ebenso über den dämlichen Widder.

Prompt wurde der Widder beschuldigt, bei der Ermordung des Hasen mit dem Fuchs gemeinsame Sache gemacht zu haben. Wolf und Bär wurden rehabilitiert, und der Widder vom König verurteilt. Er und seine Nachkommen sollten auf immer und ewig Opfer der Wölfe sein. Bellyn wurde gleich auf der Stelle vom Wolf getötet.

Alle Tiere hetzten nun auf Befehl des Königs hinter dem Fuchs her. Doch der überlistete sie immer wieder, konnte sich am Hof abermals verteidigen und, unterstützt von der Löwin, seinen Hals wiederholt aus der Schlinge ziehen. Der Wolf Isegrim gab sich jedoch mit der Begnadigung nicht zufrieden. Er forderte den Fuchs zum Zweikampf auf und verlor ihn auf demütigende Weise. Der Löwe, der diese Sprache verstand und zudem von der Klugheit des Fuchses profitieren wollte, ernannte schließlich Reineke zum Reichskanzler, und von nun an lebte der Fuchs mit Frau und Familie sorglos am Hofe.«

Prinz Tuma machte eine kleine Pause und fragte in die Runde, ob er noch ein paar Proben dieser Fabel, die er ins Arabische übertragen hatte, vortragen dürfe, um die Schönheit und den Bilderreichtum von Goethes Sprache zu zeigen. Der Sultan bat ihn herzlich darum, und Tuma verzauberte mit seinem Vortrag alle Anwesenden. Er zitierte nicht mehr lange Abschnitte, sondern immer wieder nur ein paar Verse. Die Mitglieder der Kommission waren begeistert.

»Deshalb«, rief Tuma am Ende aus, »deshalb, meine Damen und Herren, verstehen Sie mich, wenn ich sage: Dieses Werk des universellen Geistes Goethe gehört unbedingt in den dichterischen Schatz, den wir unseren Kindern anbieten wollen.«

Eine kurze Zeit zog sich die Kommission zur Beratung in den kleineren grünen Salon zurück. Als sie zurückkam, teilte der Sultan seinem Freund Prinz Tuma freudig mit, man habe den »Reineke Fuchs« ins Herz geschlossen und würde sich freuen, wenn Tuma am nächsten Tag fortführe, von Goethe zu berichten.

DIE VIERTE NACHT,
IN DER GOETHES ZAUBERLEHRLING
MIT EINER HAND VOLL WASSER
EIN GANZES MEER ÜBERREICHTE

»Lieber Bruder,
meine verehrten Damen und Herren,
beglückt über eure Aufnahme des ›Reineke Fuchs‹ ging ich
gestern Nacht nach Hause und nahm etwas Leichtes zu mir.
Gestärkt wollte ich mich an Goethes Gedichte setzen, die
mein nächstes Thema sein sollten. Aber dann war ich plötzlich wie betäubt vor Müdigkeit und beschloss, mich einen
Moment hinzulegen, um auszuruhen. Da hatte ich einen
Traum. Aber war es ein Traum? Ist es nicht möglich, dass
Goethes Geist, der mich seit meiner Kindheit begleitet und
seit einer Weile rund um die Uhr beschäftigt, mir bei meiner anspruchsvollen und abenteuerlichen Aufgabe beiste-
hen wollte?

Träume kann man deuten, aber ihre Ursachen werden der
Menschheit verborgen bleiben, solange wir nicht beantworten können, was unsere Seele während des Schlafes treibt.

Ich lag auf meinem Sofa, demselben, das du, lieber Bruder, mir vor zwei Jahren geschenkt hast. Doch es stand nun
nicht mehr in meinem Lesezimmer, sondern in einem
fremden Garten unter einer Trauerweide. Ich war gerade
dabei, etwas zu lesen, da tauchte plötzlich eine Lichtgestalt
auf. Ich erschrak und wollte aufspringen, doch sie hob die
Hand, fast schüchtern und zögerlich, und deutete nur an,
ich solle sitzen bleiben. Die Gestalt kam näher. Es war Johann Wolfgang von Goethe. Er war etwa siebzig Jahre alt
und wirkte unglaublich gütig mit seinem melancholischen
Blick. Er lächelte.

›Du gibst dir Mühe, um meine Sache hier zu verteidigen. Wie könnte ich dir helfen, junger Mann?‹

›Meister‹, sagte ich voller Ehrfurcht, ›ich bin nur ein armer Lehrling, der sich an deinem Werk vergreift, und du selber weißt, was daraus werden kann. Ich fürchte, ich bin dein Zauberlehrling.‹

Goethe schüttelte den Kopf und sagte: ›Ich werde dich nicht aus den Augen lassen.‹

›Aber‹, sagte ich ängstlich, ›dein Werk ist ein Ozean, sei der Steuermann meines bescheidenen Bootes. Hilf mir deine Ufer sehen.‹

Er lachte. ›Mach dir nicht selber Angst. Mein Werk soll Geist und Herz erfreuen und nicht bekümmern, greife ins Wasser und nimm eine Hand voll‹, sagte er. Ich folgte ihm und schöpfte mit der Hand aus dem Meer. ›Schau dir das Wasser an‹, forderte er mich auf. ›In ihm steckt der ganze Ozean.‹

Ich wachte auf. Über den Sinn seiner Worte grübelnd, verbrachte ich die letzten Stunden der Nacht. Erst in der Morgendämmerung verstand ich ihren ganzen Sinn.

Ich kann euch nur einige Tropfen aus dem Meer der Dichtung Goethes anbieten, aber ich hoffe, dass meine Auswahl dennoch einen Blick auf das Ganze eröffnet. Trotz des Zuspruchs meines Meisters fühle ich mich dabei wie der ›Zauberlehrling‹ in jener Ballade, die Goethe in jungen Jahren schrieb. Mit dieser möchte ich meinen heutigen Vortrag beginnen:

Der Zauberlehrling

Hat der alte Hexenmeister,
Sich doch einmal weggebegeben!
Und nun sollen seine Geister
Auch nach meinem Willen leben.

Seine Wort und Werke
Merkt ich, und den Brauch,
Und mit Geistesstärke
Tu ich Wunder auch.
    Walle! walle!
    Manche Strecke,
    Daß zum Zwecke,
    Wasser fließe,
    Und, mit reichem vollem Schwalle,
    Zu dem Bade sich ergieße.

Und nun komm du alter Besen,
Nimm die schlechten Lumpenhüllen,
Bist schon lange Knecht gewesen,
Nun erfülle meinen Willen.
Auf zwei Beinen stehe,
Oben sei ein Kopf,
Eile nun und gehe
Mit dem Wassertopf.
    Walle! walle!
    Manche Strecke,
    Daß, zum Zwecke,
    Wasser fließe,
    Und, mit reichem vollem Schwalle,
    Zu dem Bade sich ergieße.

Seht er läuft zum Ufer nieder,
Wahrlich ist schon an dem Flusse,
Und mit Blitzesschnelle wieder
Ist er hier mit raschem Gusse.
Schon zum zweitenmale!
Wie das Becken schwillt!
Wie sich jede Schale
Voll mit Wasser füllt!
    Stehe! Stehe!

Denn wir haben
Deiner Gaben
Vollgemessen!
Ach ich merk es, wehe! Wehe!
Hab ich doch das Wort vergessen.

Ach! das Wort, worauf am Ende
Er das wird was er gewesen.
Ach er läuft und bringt behende,
Wärst du doch der alte Besen!
Immer neue Güsse
Bringt er schnell herein,
Ach! und hundert Flüsse
Stürzen auf mich ein.
Nein nicht länger
Kann ichs lassen,
Will ihn fassen,
Das ist Tücke!
Ach! nun wird mir immer bänger
Welche Miene! welche Blicke!

O! du Ausgeburt der Hölle!
Soll das ganze Haus ersaufen?
Seh ich über jede Schwelle
Doch schon Wasserströme laufen.
Ein verruchter Besen
Der nicht hören will!
Stock! der du gewesen,
Steh doch wieder still!
Willst am Ende
Gar nicht lassen;
Will dich fassen,
Will dich halten,
Und das alte Holz behende
Mit dem scharfen Beile spalten.

Seht da kommt er schleppend wieder!
Wie ich mich nun auf dich werfe,
Gleich, o Kobold! liegst du nieder,
Krachend trifft die glatte Schärfe.
Wahrlich brav getroffen!
Seht er ist entzwei,
Und nun kann ich hoffen,
Und ich atme frei!
   Wehe! wehe!
   Beide Teile
   Stehn, in Eile,
   Schon als Knechte
   Völlig fertig in die Höhe!
   Helft mir ach ihr hohen Mächte!

Und sie laufen! Naß und nässer
Wirds im Saal und auf den Stufen,
Welch entsetzliches Gewässer!
Herr und Meister! hör mich rufen!
Ach! da kommt der Meister!
Herr, die Not ist groß,
Die ich rief die Geister
Werd ich nun nicht los,
   »In die Ecke,
   Besen! Besen!
   Seids gewesen.
   Denn als Geister
   Ruft euch nur zu seinem Zwecke,
   Erst hervor der alte Meister.«

»Hervorragend!«, rief der älteste Gelehrte.

»Wie zutreffend«, stimmte eine Frau bei.

»Aber das Thema ist mir aus anderen Geschichten bekannt«, warf der Sultan ein.

»Stimmt, Bruder«, erwiderte Prinz Tuma, »das Thema

vom Lehrling, der den Meister nachahmt und das Zauberwort vergisst, ist in der Tat verbreitet. Goethe schrieb das Gedicht 1797 und stützte sich dabei auf eine Episode der Sammlung ›Der Lügenfreund und der Ungläubige‹, die der syrisch-griechische Dichter Lukianos geschrieben hat. Er lebte von 120 bis 185 n. Chr.«

»Ja, genau«, warf eine Frau ein. »Ich habe mich jahrelang mit Lukianos beschäftigt. Ein wunderbarer Satiriker, der ein breites Werk hinterließ. Seine berühmtesten Bücher sind die so genannten Gespräche: ›Göttergespräche‹, ›Totengespräche‹ und ›Hetärengespräche‹. Der Inhalt der Satire ›Der Lügenfreund und der Ungläubige‹ wird von Goethe tatsächlich vollständig wiedergegeben. Bei Lukianos heißt der Meister Pankrates, und sein Lehrling ist etwas dümmlich. Lukianos hat aber auch noch viel verrücktere Sachen geschrieben. Er war wie Goethe ein begnadeter Wanderer zwischen den Kulturen. Man denke nur an die Geschichte einer Reise zum Mond, die er damals geschrieben hat.«

»Was? Zum Mond?«, fragte der Sultan verwundert.

»Ja, das Buch heißt ›Ikaromenippos oder Die Luftreise‹. Der Held unternimmt dort eine Reise zum Mond und zu Zeus, dem obersten Gott der vorchristlichen Griechen, um die Geheimnisse des Weltalls zu erkunden. Er beschreibt, wie klein die Erde vom Mond betrachtet aussieht und wie die Menschen Ameisen ähneln. Eine köstliche Geschichte. Die Idee der Geschichte hatte Lukianos aber von einem genialen Dichter namens Menippos übernommen, der ca. 300 Jahre vor Christus gelebt haben soll. Wie ihr seht, schadet es einem genialen Denker nicht, sich von den Werken anderer inspirieren zu lassen«, schloss die Frau.

»Genau das war Goethes Einstellung«, ergänzte Tuma freudig. »Hört nur, was er in diesem Zusammenhang einmal im Januar 1827 zu seinem Vertrauten Johann Peter Eckermann sagte: *Ich sehe mich (...) gerne bei fremden Na-*

tionen um und rate jedem es auch seinerseits zu tun. National-
Literatur will jetzt nicht viel sagen, die Epoche der Weltlite-
ratur ist an der Zeit und jeder muß jetzt dazu wirken, diese
Epoche zu beschleunigen.«

»Das heißt, Goethe hat schon zu seiner Zeit eine Idee verfolgt, die unserem Konzept eines Hauses der Weisheit ganz
ähnlich ist«, stellte nun der Sultan befriedigt fest.

»Goethes poetische Neugestaltung und nicht die uralte
Idee des stümperhaften Lehrlings war das Wichtige«, bestätigte Tuma.

Der kleine Exkurs hatte Tuma und die Spezialistin für Lukianos derart gefangen genommen, dass sie erst jetzt merkten, wie viel Zeit vergangen war. Auch die Mitglieder
der Kommission waren schon unruhig geworden, und
so beeilte sich Tuma, endlich die nächste Ballade vorzustellen:

Der König von Thule

Es war ein König in Thule
Ein goldnen Becher er hätt
Empfangen von seiner Buhle
Auf ihrem Todes-Bett.

Der Sultan lachte und fiel dann in Tumas Vortrag ein. Doch
sprach er die Verse offenbar auf Deutsch, denn niemand von
uns verstand den Wortlaut. Auch Tuma lächelte und fuhr
fort, die Verse in seiner eigenen arabischen Übersetzung
zu rezitieren:

den Becher hätt er lieber
Trank draus bei jedem Schmaus
Die Augen gingen ihm über
So oft er trank daraus

Und als er kam zu sterben
zählt er sein' Stätt' und Reich
Gönnt alles seinen Erben
den Becher nicht zugleich

Am hohen Königs Mahle
die Ritter um ihn her
Im alten Väter Saale
Auf seinem Schloß am Meer

Da saß der alte Zecher
Trank letzte Lebens Glut
Und warf den heiligen Becher
hinunter in die Flut

Er sah ihn sinken und trinken
Und stürzen tief ins Meer
Die Augen täten ihm sinken
Trank keinen Tropfen mehr.

Wir alle konnten unserem jungen Sultan ansehen, wie sehr er sich freute, die Ballade wieder zu hören, die er offenbar seit seiner Kindheit von Tumas Mutter, seiner Erzieherin, kannte. Aber da meldete sich auch schon das erste Kommissionsmitglied zu Wort:

»Dein Goethe war wirklich vielseitig«, sagte eine ältere Frau, »denn diese Ballade hat nun wahrlich wieder einen ganz anderen Ton als die vorherige über den Zauberlehrling. Du hast uns erzählt, dass sich der Zauberlehrling an dem Griechen Lukianos orientierte. Sag uns nun: Gibt es auch für diese Ballade irgendwelche Vorbilder?«

Tuma lachte. »Ihr kennt Goethe wirklich schon gut. Aber eine literarische Vorlage gibt es diesmal nicht. Doch der Ort – Thule – galt in der Antike als die nördlichste Insel der Welt. Man vermutet heute, dass die Reisenden damals die norwegische Küste gemeint haben.

Das Gedicht entstand vermutlich während einer Reise im Sommer 1774. Goethe hat hier bewusst die Nähe zum Volkslied gesucht. Die Melodie des Gedichts und das unsterbliche Thema der ungebrochenen Liebe machte das Gedicht bald sehr berühmt und beliebt.«

»Hast du nicht noch so eine schöne Ballade für uns?«, fragte der Sultan.

»Gerne, lieber Bruder«, entgegnete Tuma, »und sie spielt sogar ebenfalls im hohen Norden. Goethe schrieb sie 1782. Johann Gottfried Herder, ein deutscher Dichter und Denker, hat ihm eine Sage erzählt, die er aus dem Dänischen übersetzt hatte. Aber dabei war ihm ein Fehler unterlaufen. Das zentrale Wort *elverkonge* oder *ellerkonge* bedeutet auf Dänisch ›Elfenkönig‹. Im Deutschen gebrauchte man damals für einen bestimmten Baum – die Erle – ebenfalls das Wort Eller. Herder hielt deshalb den Elfenkönig für einen Geist der Erle, für einen Erlkönig. Goethe übernahm dann gutgläubig diesen Namen für sein großartiges Gedicht:

Erlkönig

Wer reitet so spät durch Nacht und Wind?
Es ist der Vater mit seinem Kind;
Er hat den Knaben wohl in dem Arm
Er faßt ihn sicher, er hält ihn warm.

Mein Sohn, was birgst du so bang dein Gesicht? –
Siehst, Vater, du den Erlkönig nicht?
Den Erlenkönig mit Kron' und Schweif? –
Mein Sohn es ist ein Nebelstreif. –

»Du liebes Kind, komm geh mit mir,
Gar schöne Spiele spiel ich mit dir;

73

Manch bunte Blumen sind an dem Strand,
Meine Mutter hat manch gülden Gewand.« –

Mein Vater, mein Vater, und hörest du nicht
Was Erlenkönig mir leise verspricht? –
Sei ruhig, bleibe ruhig mein Kind,
In dürren Blättern säuselt der Wind. –

»Willst, feiner Knabe, du mit mir gehn?
Meine Töchter sollen dich warten schön,
Meine Töchter führen den nächtlichen Reihn,
Und wiegen und tanzen und singen dich ein.« –

Mein Vater, mein Vater und siehst du nicht dort,
Erlkönigs Töchter am düstern Ort? –
Mein Sohn, mein Sohn ich seh es genau,
Es scheinen die alten Weiden so grau. –

»Ich liebe dich, mich reizt deine schöne Gestalt;
Und bist du nicht willig; so brauch ich Gewalt!« –
Mein Vater, mein Vater, jetzt faßt er mich an!
Erlkönig hat mir ein Leids getan! –

Dem Vater grausets, er reitet geschwind,
Er hält in Armen das ächzende Kind
Erreicht den Hof mit Mühe und Not;
In seinen Armen das Kind war tot.

»Ein weiser Mann ist dieser Goethe«, stellte eine Frau fest, »er beschreibt das große Trauerereignis ohne jeden Kommentar. Und gerade damit betont er die Trauer umso stärker. Aber spürt auch ihr diese seltsame Ahnung des Königs? Irgendetwas in dem Gedicht, nicht die Worte, sondern vielleicht das Unausgesprochene, sagt mir, dass der König wie zum Abschied seines Kindes reitet.«

»Welch ein Schmerz«, rief ein alter Gelehrter, »es gibt keine schrecklichere Qual als den Verlust der eigenen Kinder. Als ich meinen Sohn verloren habe, war er zwanzig. Er fieberte nur eine Nacht und ...« Der alte Gelehrte, der fast sechzig war, wischte sich die Augen und sprach kaum hörbar weiter: »... es ist zwanzig Jahre her, und doch bringt mich jede Nachricht, jeder Vers über den Tod eines Kindes zu dem Augenblick zurück, als ich erkannte, dass er nicht ohnmächtig war, sondern tot.«

Die anderen schwiegen.

»Als der gerechte Kalif Omar ben Abdulasis seinen Sohn verlor, trauerte er sehr«, sprach der Sultan in die Stille. »Ein Dichter versuchte den Untröstlichen mit dem Vers zu trösten: Dein Sohn / Adams Nachfahre / musste aus dem Todestrog trinken / an den auch wir bald herangeführt werden.«

»Ja«, antwortete ihm Tuma, »dieser Gedanke findet sich auch bei Goethe. Es gibt ein Gedicht von ihm, das ich euch eigentlich erst später mit anderen Naturgedichten zusammen vorlesen wollte. Aber vielleicht ist nun doch schon der richtige Moment dafür gekommen?«

Unter den Mitgliedern der Kommission erhob sich zustimmendes Gemurmel, und Tuma begann:

Wanderers Nachtlied

Über allen Gipfeln
Ist Ruh,
In allen Wipfeln
Spürest du
Kaum einen Hauch;
Die Vögelein schweigen im Walde.
Warte nur, balde
Ruhest du auch.

Auch Goethe thematisiert hier die Vergänglichkeit alles Lebenden. Er hat dieses kleine Gedicht im Herbst 1780 mit Bleistift auf die Bretterwand einer Jagdhütte geschrieben. Sie brannte leider 1870 ab.

Kurz vor seinem Tod hat Goethe die Hütte wieder aufgesucht und bat seinen Begleiter, ihm die Verse noch einmal vorzulesen. Als der es tat, weinte Goethe und wiederholte: ›Ja, warte nur, bald ruhest du auch.‹«

Wieder schwiegen die Anwesenden. Plötzlich merkten wir, wie die Stille den Geräuschen der Nacht erlaubte, durch das offene Fenster in den Saal zu dringen. Wir hörten die Wellen kommen und gehen, und uns war, als lauschten wir dem immerwährenden Rhythmus des Lebens.

Der Fischer

Das Wasser rauscht, das Wasser schwoll,
Ein Fischer saß daran,
Sah nach dem Angel ruhevoll,
Kühl bis ans Herz hinan:
Und wie er sitzt und wie er lauscht
Teilt sich die Flut empor;
Aus dem bewegten Wasser rauscht
Ein feuchtes Weib hervor.

Sie sang zu ihm, sie sprach zu ihm:
Was lockst du meine Brut
Mit Menschenwitz und Menschenlist
Hinauf in Todes Glut?
Ach wüßtest du wie's Fischlein ist
So wohlig auf dem Grund,
Du stiegst herunter wie du bist,
Und würdest erst gesund.

Labt sich die liebe Sonne nicht
Der Mond sich nicht im Meer?
Kehrt wellenatmend ihr Gesicht
Nicht doppelt schöner her?
Lockt dich der tiefe Himmel nicht,
Das feucht verklärte Blau?
Lockt dich dein eigen Angesicht
Nicht her in ewgen Tau?

Das Wasser rauscht, das Wasser schwoll
Netzt ihm den nackten Fuß,
Sein Herz wuchs ihm so sehnsuchtsvoll
Wie bei der Liebsten Gruß
Sie sprach zu ihm sie sang zu ihm,
Da wars um ihn geschehn,
Halb zog sie ihn halb sank er hin
Und ward nicht mehr gesehn.

Tuma hatte mitten in unsere Gedanken hinein gesprochen und es war, als fielen die Wellen draußen in die Melodie dieser Verse ein. Eine Weile saßen wir noch da und lauschten in die Nacht.

Schließlich fing Tuma an zu erzählen: »Goethe hat das Gedicht wahrscheinlich im Jahre 1778 nach dem Selbstmord einer Frau geschrieben, die sich aus Liebeskummer ertränkte. An seine lebenslange Vertraute Charlotte von Stein schrieb er damals: *Diese einladende Trauer hat was gefährlich anziehendes wie das Wasser selbst, und der Abglanz der Sterne des Himmels, der aus beiden leuchtet lockt uns.*

Ein Gedicht, das beinahe ein öffentliches Ärgernis wurde, weil es zutiefst der christlichen Überzeugung widersprach, dass nur Gott über Leben oder Sterben befinden dürfe. Der vom Menschen gesuchte Tod galt aber als Sünde. Goethe sah das Göttliche jedoch nicht nur in einem höheren Wesen, sondern auch im Menschen selbst.«

»Das erinnert sehr an die Dichtung des Mystikers El Halladsch«, warf ein beleibter Gelehrter ein, »der im Jahre 922 in Bagdad hingerichtet wurde, weil er das Ich des Menschen als das wahre Göttliche gelobt hatte.«

»Goethe war da besser dran, denn damals war die Zeit der Inquisition schon zu Ende«, nickte Tuma. Er griff nach der Schale, die man ihm eben mit frischem Tee gefüllt hatte. Die Mitglieder der Kommission waren von den Balladen, die sie von Goethe gehört hatten, ganz melancholisch gestimmt, und alle saßen da wie benommen. Endlich räusperte sich der Sultan und sprach:

»Lieber Bruder Tuma, wir haben deinen Vortrag sehr genossen. Aber jetzt habe ich das Gefühl, dass die traurige Stimmung der meisten Balladen uns etwas aufs Gemüt geschlagen ist. Natürlich ist das ein erneuter Beweis für die Eindringlichkeit von Goethes Dichtung. Dennoch: Bestimmt hat Goethe doch auch andere Gedichte verfasst. Ich schlage dir deshalb vor: Lass uns zur Abwechslung ein schönes Liebesgedicht hören.«

Als sie diese Worte vernahmen, wurden die Zuhörer im Saal wieder munter, und auf so manchem Gesicht spiegelte sich Vorfreude.

Tuma lächelte und begann:

Nähe des Geliebten

Ich denke dein, wenn mir der Sonne Schimmer
Vom Meere strahlt.
Ich denke dein, wenn sich des Mondes Flimmer
In Quellen malt.

Ich sehe dich, wenn auf dem fernen Wege
Der Staub sich hebt,
In tiefer Nacht, wenn auf dem schmalen Stege
Der Wandrer bebt.

Ich höre dich, wenn dort mit dumpfem Rauschen
Die Welle steigt.
Im stillen Haine geh ich oft zu lauschen,
Wenn alles schweigt.

Ich bin bei dir, du seist auch noch so ferne,
Du bist mir nah.
Die Sonne sinkt, bald leuchten nur die Sterne,
O! wärst Du da!

»Wundervoll!«, »Bravo!«, »Hervorragend!«, klangen die Stimmen durch den Saal, denn alle Mitglieder der Kommission versuchten gleichzeitig – und je nach ihrem Temperament ganz unterschiedlich – ihre Bewunderung auszudrücken. Schließlich konnte sich der beleibte Gelehrte durchsetzen:

»Sehr beeindruckend finde ich die Leichtigkeit, mit der Goethe die Gefühle in Worte fasst. Wie viele Liebende kennen nicht die Sehnsucht nach der Geliebten, die irgendwo in der Ferne ist?«

»Aber das«, unterbrach ihn eine ältere Frau energisch, »ist doch gerade das Schicksal vieler Frauen, die zu Hause auf die Rückkehr ihres Mannes warten, zu Goethes Zeit genauso wie heute noch bei uns in Hulm. Denkt doch nur an die Frauen unserer Seeleute, die allzu oft ihren Alltag tatkräftig alleine meistern. Aber die Sehnsucht bleibt ihnen, da hilft ihnen ihre ganze Tatkraft nichts.«

»Aber was wäre denn auch die Liebe ohne die Sehnsucht?« Eine junge Frau hatte sich zu Wort gemeldet: »Mir gefällt besonders, wie genau Goethe beschreibt, dass von der Liebe jede Faser des Liebenden ergriffen wird. Sein Denken, sein Sehen, sein Hören – kurz, alle seine Sinne – richten sich daran aus, und in jeder Naturschönheit und jeder anderen kleinen Begebenheit findet er Zeichen und Erinnerungen seiner Liebe. Kann man denn dieses überwältigende Gefühl noch schöner beschreiben?«

Da schaltete sich Tuma wieder in das Gespräch ein: »Ihr habt Recht. Diese Liebe ist eine glückliche und erfüllte. Der Schmerz der Trennung wird hier ja reichhaltig belohnt durch den Moment, in dem sich die Liebenden wieder in den Armen halten.«

»Tuma, höre ich aus deinen Worten heraus, dass du uns als Nächstes ein Gedicht vortragen willst, das eine unglückliche Liebe beschreibt?«, fragte der Sultan.

Tuma lachte. »Du kennst mich gut, lieber Bruder«, erwiderte er. »Ganz richtig. Und es ist eines der Gedichte, die meine Mutter so mag:

Rastlose Liebe

Dem Schnee dem Regen
Dem Wind entgegen
Im Dampf der Klüfte
Durch Nebeldüfte
Immer zu! Immer zu!
Ohne Rast und Ruh!

Lieber durch Leiden
Möcht ich mich schlagen
Als soviel Freuden
Des Lebens ertragen.
Alle das Neigen
Von Herzen zu Herzen,
Ach wie so eigen
Schaffet das Schmerzen!

Wie soll ich fliehen?
Wälderwärts ziehen
Alles vergebens!
Krone des Lebens
Glück ohne Ruh
Liebe bist du!

Auch bei diesem Gedicht nahm der Rhythmus die Runde wieder gefangen. Ein alter Gelehrter seufzte am Ende und hing versonnen seinen Gedanken nach, die ihn irgendwohin zurück in seine Vergangenheit zu führen schienen.

»Vielleicht steckt ja eine wahre Geschichte dahinter«, sagte eine Frau in die Stille hinein und lächelte erwartungsvoll.

Tuma nickte. »Es ist wahr. Auch Goethe hat in seinem Leben einige Male unglücklich geliebt. Das Gedicht, das ich euch gerade vorgetragen habe, entstand 1776, und noch am Tag, als er es geschrieben hatte, schickte Goethe es mit einem Brief an die verheiratete Charlotte von Stein mit der Bemerkung: *Hab mich nur ein bissel lieb. Ich erzähl dir auch viel und hab dich lieber als du magst.*

»Wie schön!«, rief eine Frau. »Es erinnert mich an mein Lieblingsgedicht:

> Wenn du von Spuren meiner Liebe
> befallen wirst,
> wärst du dem Wahn nahe
> aus Sehnsucht nach mir.«

Tuma freute sich über diesen Vers und dachte einen Augenblick über ihn nach. Dann schien ihm auf einmal ein weiteres Gedicht Goethes in den Kopf zu kommen. Und ehe er es, ohne noch einmal nachzuschlagen, aus dem Gedächtnis aufsagte, sprach er zu der Frau: »Ich will euch etwas vortragen und so mit Goethes eigenen Worten antworten. Nehmt diese Verse als einen Ausdruck seiner Liebe. Und zugleich erlaubt mir, mit diesem Gedicht schon ein wenig zu seiner Naturlyrik überzuleiten, die mir ganz besonders am Herzen liegt:

Gefunden

Ich ging im Walde
So für mich hin,
Und nichts zu suchen
Das war mein Sinn.

Im Schatten sah ich
Ein Blümchen stehn,
Wie Sterne leuchtend,
Wie Äuglein schön.

Ich wollt' es brechen;
Da sagt' es fein:
Soll ich zum Welken
Gebrochen sein?

Ich grub's mit allen
Den Würzlein aus,
Zum Garten trug ich's
Am hübschen Haus.

Und pflanzt es wieder
Am stillen Ort;
Nun zweigt es immer
Und blüht so fort.

»Wunderbar«, hörte man mehrere Gelehrte rufen.

»Hat Goethe viele solcher Naturgedichte geschrieben, oder war das eine kurze Phase seines Schaffens?«, fragte der älteste Gelehrte Tuma.

»Nein, das war keine begrenzte Phase«, antwortete er. »In den Gedichten Goethes spielt die Natur immer wieder eine wichtige Rolle. Das konntet ihr bereits an den Balladen sehen und zuletzt auch an den Beispielen seiner Liebeslyrik. Aus der Natur schöpfte Goethe fast alle seine Bilder. Er horchte ihrem Klang nach und versuchte ihn lyrisch zu erfassen – die Stille genauso wie den feinen Gesang und das donnernde Grollen, das ihr bereits aus einigen der Balladen kennt. Ich will euch zum Abschluss dieses Abends noch zwei weitere Gedichte vorlesen. In ihnen steht die Natur ganz im Zentrum. Die beiden sind mir über die Zeit fast die liebsten unter Goethes Naturgedichten geworden, und allein deshalb habe ich sie aus der riesigen Zahl seiner Gedichte ausgewählt. Ich kann euch ja ohnehin nur ein paar Kostproben geben. Aber was ist es, das mich an diesen zwei Gedichten so fesselt? Jedes von ihnen beschreibt denselben Ort, aber zu unterschiedlicher Zeit. Und jedes Mal ist es mir dabei, als wärmte mich plötzlich die Sonne mit ihrem kräftigen Strahl:

Meeresstille

Tiefe Stille herrscht im Wasser,
Ohne Regung ruht das Meer,
Und bekümmert sieht der Schiffer
Glatte Fläche rings umher.
Keine Luft von keiner Seite,
Todes-Stille fürchterlich.
In der ungeheuern Weite
Reget keine Welle sich.

Glückliche Fahrt

Die Nebel zerreißen,
Auf einmal wirds helle,
Und Aeolus löset
Das ängstliche Band.

Es säuseln die Winde,
Es rührt sich der Schiffer,
Geschwinde! Geschwinde!
Es teilt sich die Welle,
Es naht sich die Ferne,
Schon seh' ich das Land.

»Es ist unglaublich«, rief eine ältere Frau, gleich nachdem Tuma zu Ende gelesen hatte. »Es fröstelt einen richtig in der kalten nordischen Nebelluft. Ich habe das auch schon beim ›Erlkönig‹ gefühlt. Ich friere und spüre die dumpfe Kälte, die ganz anders sein muss als die klare Kälte der Nacht bei uns. Als ob sie von schwerer Nässe getränkt sei. Ist es in Deutschland so?« ·

»Nicht immer«, antwortete Tuma, »aber es gibt diesen feuchtkalten Nebel, und er ist genau so, wie ihr ihn in den Gedichten empfunden habt. Doch es gibt eben auch das Licht und den Wind, die das Land beseelen und die Natur in die klarsten Farben tauchen. Und es ist ein wunderbarer Moment, wenn endlich der Nebel licht wird und dann plötzlich aufreißt.«

Tuma stockte, nahm einen Schluck Tee und schob seine Aufzeichnungen zusammen. »Lieber Bruder, meine Damen und Herren«, sagte er dann, »das waren die Gedichte Goethes, die ich euch vorstellen wollte, ich hoffe ...« Weiter kam er nicht, denn sofort setzte lauter Protest ein.

»Du hörst es, Tuma«, sagte der Sultan, »und ich stimme dem Einspruch zu. Lies uns noch mehr aus dem Schatz des Meisters, aus dem du doch wahrlich schon herrliche Perlen hervorgezaubert hast. Wir wollen dir fortan einfach nur zuhören. Schlag dein Heft irgendwo auf, an drei Stellen hintereinander, und lies das, was du findest. So mögen sich auch für dich interessante neue Zusammenhänge ergeben, die nichts Überlegtes haben und doch ein sicherer Fingerzeig sind. Lesen wir nicht auch sonst Gedichte in dieser Weise, dass wir einfach blättern, bis wir auf unerklärliche Weise an diesem oder jenem Vers hängen bleiben? Beglücke uns also auf diese erregende Weise zum Abschluss des Abends noch diese drei Male.«

Tuma nahm zweifelnd das Heft, das vor ihm lag und in das er alle von ihm übersetzten Gedichte geschrieben hatte. Er blätterte unsicher hin und her, verwarf eine Seite, blätterte weiter und blieb dann endlich an einer Stelle haften, die von weitem kaum anders aussah als jene, die er vorher umgeblättert hatte.

»Nun gut«, sagte Tuma, »ich will tun, was ihr gesagt habt. Möge mir der Zufall die schönsten Verse zuspielen. Hier ist das erste Gedicht:

> *GEDICHTE SIND gemalte Fensterscheiben!*
> *Sieht man vom Markt in die Kirche hinein*
> *Da ist alles dunkel und düster;*
> *Und so sieht's auch der Herr Philister;*
> *Der mag denn wohl verdrießlich sein*
> *Und lebenslang verdrießlich bleiben.*
>
> *Kommt aber nur einmal herein!*
> *Begrüßt die heilige Kapelle;*
> *Da ist's auf einmal farbig helle,*
> *Geschicht' und Zierrat glänzt in Schnelle,*
> *Bedeutend wirkt ein edler Schein;*
> *Dies wird euch Kindern Gottes taugen,*
> *Erbaut euch und ergötzt die Augen!*

Als Tuma endete, fand das Gedicht, das die Lyrik mit einem Gotteshaus verglich, überall gleich Zustimmung.

»Noch so ein schönes, kunstvolles Kleinod«, flüsterte der beleibte Gelehrte, der ganz in der Nähe saß, Tuma zu.

Der lächelte nun wieder zuversichtlicher und blätterte weiter in seinem Heft. Endlich sah er auf und begann:

Parabase

Freudig war, vor vielen Jahren,
Eifrig so der Geist bestrebt,
Zu erforschen, zu erfahren,
Wie Natur im Schaffen lebt.
Und es ist das ewig Eine,
Das sich vielfach offenbart;
Klein das Große, groß das Kleine,
Alles nach der eignen Art.
Immer wechselnd, fest sich haltend,
Nah und fern und fern und nah;
So gestaltend, umgestaltend –
Zum Erstaunen bin ich da.

»Und was bedeutet Parabase?«, fragte ein junger Gelehrter.

»Parabase bedeutet auf Griechisch: Abschweifung. Sie unterbrach in den alten Komödien die Handlung; Chor und Chorführer wendeten sich an das Publikum und nahmen Stellung oder kommentierten die Handlung. So ist das Gedicht auch eine Stellungnahme.«

»Und was für eine wunderbare. Mir kommt Platon in den Sinn«, sagte eine ältere Gelehrte, »der wie Goethe das Erstaunen als Voraussetzung für jedes Philosophieren ansah. Aber entschuldigt bitte meine Unterbrechung. Wir wollten ja Tuma zuhören.«

Tuma blätterte in seinen Unterlagen und den mitgebrachten Gedichtbänden.

»Ich habe hier eine Sammlung von Xenien«, sagte er schließlich. »Xenien sind kurze Sinngedichte. Goethe schrieb bis zu seinem Tod fast 600 davon. Die, die mir das Schicksal in die Hand spielte, gehört zu den sogenannten

›Zahmen Xenien‹, aber dieser Titel ist eher eine ironische Täuschung.« Tuma sah wieder in sein Heft, doch statt die Verse vorzutragen, verstummte er einen Moment und sagte dann lachend: »Sie ist vielmehr der beste Beweis, dass Goethe in den Xenien ganz und gar nicht zahm war. Auch wenn es anders scheint, ich sage es noch einmal: Mir hat nur der Zufall diese Verse an den Schluss meines heutigen Vortrags gestellt. Eine Absicht ist damit nicht im Geringsten verbunden:

> *Und was die Menschen meinen*
> *Das ist mir einerlei,*
> *Möchte mich mir selbst vereinen;*
> *Allein wir sind zu zwei;*
> *Und im lebendgen Treiben*
> *Sind wir ein Hier und Dort,*
> *Das eine liebt zu bleiben*
> *Das andre möchte fort;*
> *Doch zu dem Selbst-Verständnis*
> *Ist auch wohl noch ein Rat:*
> *Nach fröhlichem Erkenntnis*
> *Erfolgt rasche Tat.*

Einen Moment herrschte Stille. Dann plötzlich erhob sich ein schallendes Lachen im Raum. Tuma überraschte die Heiterkeit auf angenehme Art. Er schien noch ein paar Sätze zu dem Gedicht sagen zu wollen, hatte aber Mühe, dem Gelächter ein Ende zu setzen.

»Ein Gedicht«, sagte er schließlich, »das Goethes starke Persönlichkeit deutlich zeigt, denn niemand kann neue Ufer erreichen, wenn er dauernd auf das achtet, was die anderen sagen. Unser Sultan ist das beste Beispiel dafür. Nur sein Mut für das Neue hat unsere Insel das Licht der anderen Völker erfahren lassen.«

»Kennt ihr die Geschichte von dem Mann, der auf die

Meinung der anderen hörte?«, fragte eine ältere Frau und lachte.

»Nein, erzähl bitte«, riefen einige.

»Ein Mann«, begann die Gelehrte, »wollte mit seinem Sohn in eine nahe Stadt reisen. Er ritt mit ihm auf seinem starken großen Esel. Bald rief einer der Passanten: ›Schaut euch diese Herzlosen an. Zwei auf einem armen Esel. Die Leute haben wirklich keine Skrupel mehr.‹ Der Vater murmelte: ›Die Leute haben Recht‹ und stieg ab. Er lief hinter dem Esel, auf dem sein Sohn nun allein ritt. ›Welch missratener Sohn‹, rief einer der Passanten, ›er lässt seinen eigenen Vater mit hängender Zunge hinterhergehen und reitet selber grinsend auf dem Esel.‹ Der Mann spuckte vor den Augen des Jungen auf den Boden und verschwand. ›Runter mit dir, der Mann hat Recht‹, sagte der Vater, der es gesehen hatte, zu seinem Sohn, ließ ihn hinter dem Esel laufen und saß selber auf. ›Was für ein harter Vater, in dieser Hitze den kleinen, dünnen Sohn den weiten Weg zu Fuß laufen zu lassen, während er mit seinem dicken Bauch auf dem Esel thront‹, schimpfte eine Frau, die nahe der Straße in einem Feld Unkraut jätete. ›Das andere war auch falsch‹, rief der Mann verzweifelt und stieg vom Esel ab. Er ging nun mit seinem Sohn gemeinsam zu Fuß und zog den Esel hinter sich her. ›So was Dummes habe ich noch nie gesehen‹, rief da der nächste Passant und lachte. ›Die Dummköpfe laufen zu Fuß und ziehen auch noch den Esel.‹«

Alle lachten und die Mitglieder der Kommission fielen über die beiden Dummköpfe mit dem Esel her, ganz so wie es die Erzählerin beabsichtigt hatte. Mir schien, als hätte die Kommission für einen Moment Goethe vergessen. Doch ich irrte mich gewaltig:

»Noch ein Gedicht«, bat ein Gelehrter, aber Tuma winkte höflich ab.

»Nein, ich möchte meinen Vortrag jetzt wirklich abschließen«, sagte er, und als das Publikum protestierte, beschwichtigte er es mit einer Handbewegung, zum Zeichen, dass man sich beruhigen solle. »Die Wahl, die ich treffen müsste, ist zu beliebig und das Zufallsspiel mir zu riskant. Ich will lieber, wenn ihr mich lasst, für morgen einen weiteren Bericht vorbereiten, den ich genau überschauen kann. Aber was rede ich da? Weiß ich denn schon, ob ihr mich überhaupt weiterreden lasst?«

(An keinem anderen Abend war ich, der Protokollant, mir so sicher gewesen, dass Prinz Tuma mit seiner Frage scherzte, denn nach nichts anderem lechzte doch die Kommission. Man musste wahrlich kein Prophet sein, um zu erraten, was die Frauen und Männer im kleinen Salon entschieden.)

Sultan Hakim lachte denn auch bei der Rückkehr. »Lieber Bruder Tuma, wir müssen dich bitten, uns morgen ein paar weitere Schätze dieses geistigen Perlentauchers Goethe vorzutragen.«

Alle lachten und ganz besonders Tuma.

DIE FÜNFTE NACHT,
IN DER EINE WETTE IM
MITTELPUNKT STAND, DIE FAUST
MIT MEPHISTO EINGING

»Lieber Bruder und Freund,
verehrte Mitglieder der weisen Kommission,
ich habe mir die ganze letzte Nacht überlegt, womit ich
heute Abend eure geschätzte Aufmerksamkeit weiter steigern könnte. Es fiel mir schwer, eine Wahl zu treffen, weil
ich fast jedes Werk Goethes so sehr schätze, dass ich euch
gerne davon erzählen würde. Aber zur Kunst, eine Gesellschaft klug zu unterhalten, gehört auch das Geschick, Ver-
zicht zu üben.

Nur wer sich beschränkt, kann vielleicht, wenn er es klug
anstellt, Herz und Ohren seiner Zuhörer für sich und sein
Anliegen einnehmen. Möge mir dies heute gelingen. Wiederum, wie schon vorgestern beim ›Wilhelm Meister‹, habe
ich nur einen von zwei großen Teilen ausgewählt, den ich
vortragen will. Es geht um Goethes bedeutendstes Werk für
das Theater, mit dem er sich als Dichter endgültig unsterb-
lich machte.

Ich spreche vom ›Faust‹, diesem rätselhaftesten aller deutschen Dramen. Goethe war dem Stoff früh auf die Spur gekommen. Ein gewisser Georg Faust hat tatsächlich von 1480
bis 1540 oder 1541 im Süddeutschen gelebt, das wird durch
zahlreiche Bücher belegt. Es hieß, er habe seine Seele dem
Satan versprochen und dafür im Leben unglaubliche Vor-
teile genossen. Von diesen sagenhaften Geschehnissen berichtet schon die erste, 1587 erschienene Lebensdarstellung.
Faust, so heißt es dort, war ein Mensch, der versuchte, die
ihm und dem damaligen Wissen gesteckten Grenzen zu

überschreiten. Mit anderen Worten, er wollte mehr wissen, als die Kirche erlaubte, und wendete sich in seinem Studierzimmer auch dem Überirdischen und Magischen zu. Das soll so weit gegangen sein, dass er schließlich einen Bund mit dem Teufel schloss, für den er im Buch teuer bezahlt.

Hier machen sich die Auswirkungen der 1517 in Deutschland begründeten Reformation bemerkbar: Während es im katholischen Glauben zu jeder Zeit einen Mittler – den Priester – zwischen dem Gläubigen und Gott gab, der in der Lage war, Absolution zu erteilen, predigte die reformierte Kirche des Protestantismus die vollkommene Eigenverantwortung des Menschen vor seinem Gott. Absolution war im Leben nicht zu erreichen, erst nach dem Tod wurde Bilanz gezogen und das Schicksal der Seele entschieden.

Das ist aber nur die eine Seite. Auf der andern kollidierte der Gedanke, dass letztlich allein der rechte religiöse Glaube wichtig sei, mit den aufkommenden Idealen der Vernunft, die sich langsam in der Gesellschaft ausbreiteten. Die zunehmende Beschäftigung mit den Naturwissenschaften, mit Mathematik, Medizin und Astrologie brachte das starre biblische Weltbild immer weiter ins Wanken. Nicht umsonst ist Faust Wissenschaftler und versucht neue, nicht von der Religionslehre gedeckte Wege zu gehen.

Der Fauststoff war ein höchst anschauliches Lehrstück, um den Leser vor den Konsequenzen eines antichristlichen Handelns zu warnen. Fausts Leben wurde dem Volk immer wieder als warnendes Beispiel für gottlosen, unzüchtigen und rohen Lebenswandel vor Augen geführt.

Nicht jedermann mag dieses Werk aber wirklich abgeschreckt haben, denn dazu war Faust eine zu interessante, vielschichtige Persönlichkeit: Einerseits verlockte manchen klugen Geist der Zeit Fausts grenzenloser Forscherdrang, der auch vor schwarzer Magie nicht Halt machte. Andererseits faszinierte wohl manchen seine unbändige Lebensgier, die sinnlichen Exzesse, denen er sich hingab und die er durch sein Bündnis mit dem Satan zu steigern versuchte. War es nicht aufregend, sich der Lust vollkommen hinzugeben und auf keine Kirchenmoral Rücksicht zu nehmen? Natürlich hätte das niemand öffentlich zugegeben. Aber heimlich mit dem Faustbuch die Phantasie zu erregen, das konnte kein noch so raffinierter Geistlicher verhindern. Vielleicht auch deshalb verbreitete sich das Buch wie ein Lauffeuer.

Ich will die Kommission nicht mit all den verschiedenen Umwandlungen langweilen, die der Fauststoff im Lauf der Zeit nahm. Jede neue endete doch nur wieder mit der Höllenfahrt des Mannes. Nur eine Version muss ich erwähnen, weil gerade sie für Goethe wichtig wurde: Der englische Dichter Christopher Marlowe – er lebte von 1564 bis 1593 – schuf einen Faust, der nicht nur wie sonst immer extreme Forderungen an sich und die Welt, sondern auch an den teuflischen Verführer stellt. Marlowes Faust liefert sich dem Teufel nicht einfach aus, sondern geht einen Handel mit ihm ein. Diese Variante ging schließlich in das Repertoire reisender Puppenspieler ein, und so begegnete auch Goethe der Marloweschen Fassung. Rückblickend sagte Goethe später: *Die Gestalt eines rohen, wohlmeinenden Selbsthelfers in wilder anarchischer Zeit erregte meinen tiefsten Anteil. Die bedeutende Puppenspielfabel des andern klang und summte gar vieltönig in mir wider.*

1773 bis 1775 versuchte Goethe erstmals selbst die Geschichte schriftlich zu fassen und stellte eine Szenenkette her, den sogenannten ›Urfaust‹, einen genialen Entwurf. Mithilfe der Magie sucht Faust hier das Wesen der Natur zu entschlüsseln und sich selbst als schöpferische Kraft zu behaupten. 1788 nahm Goethe die Arbeit am ›Urfaust‹ wieder auf. Doch 15 Jahre vergingen bis zur Veröffentlichung des erweiterten Materials unter dem Titel ›Faust, ein Fragment‹. Nach abermals neun Jahren zögernden Überlegens mühte er sich seit 1797 neuerlich mit dem Stoff ab, und das war maßgeblich das Verdienst Friedrich Schillers. Er ermutigte Goethe immer wieder zur Arbeit am ›Faust‹. Ein mehrjähriges genaues Quellenstudium verbrauchte viel Zeit, schien aber für die Entwicklung des Stücks unentbehrlich. 1801 begann Goethe damit, einige Szenen zu schreiben, und fasste den Stoff nun als Tragödie. Fertig wurde das Werk damit aber noch immer nicht und erschien erst 1808 unter dem Titel ›Faust. Eine Tragödie‹.

Später wandte sich Goethe noch einmal dem Stoff zu und schrieb den zweiten Teil, den er erst 1831 abschloss, weniger als ein Jahr vor seinem Tod. Doch über diesen Teil will ich euch nur so viel berichten, wie es die Handlung des ersten Teils unmittelbar ergänzt.

Nun will ich also, wenn ihr erlaubt, die Goethesche Faust-Tragödie, so gut es mir gelingt, wiedergeben.«

Die Mitglieder der Kommission waren mit Tumas Einschränkung durchaus zufrieden und nickten beifällig, um nur endlich mehr über den »Faust« zu erfahren, den er ihnen so geheimnisvoll und gewaltig angepriesen hatte. Man konnte ihnen deutlich ansehen, dass sie beeindruckt waren, wie Goethe so viele Jahre geduldig gearbeitet hatte, um der alten Geschichte eine neue, eigene Wendung zu geben und eine Tragödie zu gestalten, die vom Menschen, seinen Wünschen und Hoffnungen, aber auch seinen Grenzen und seinem Scheitern handelte. Solche Geschichten rührten die Kommission, wie ich, der Protokollant, inzwischen bemerkt hatte, besonders tief.

Tuma schlürfte, wie alle andern im Saal, noch einmal ein wenig Tee, stellte dann seine Schale ab und hob an zu erzählen:

»Die Handlung von Goethes ›Faust‹ beginnt – nach einer kurzen Zueignung und einer Einleitung über das Theater – mit dem Prolog im Himmel. Umgeben von den himmlischen Heerscharen empfängt Gott Mephisto. In ihrem Gespräch wird schon deutlich, dass Goethe mit seinem Mephisto einen ganz anders gearteten Verführer als den der alten Faustbücher geschaffen hat. Goethes Mephisto ist Teil des göttlichen Plans. Er gehört zu den Engeln Gottes. Er ist die in das göttliche System integrierte Gegenfigur – ein Skeptiker, der ständig die Schöpfung in Zweifel zieht und verhöhnt. Das ist etwas ganz anderes als ein unabhängig handelnder Satan, der ein ebenmächtiger Gegenspieler Gottes ist. Mephistos Macht ist begrenzt. Indem er das Böse provoziert, versucht er nur die Unzulänglichkeit des göttlichen Plans nachzuweisen. – Und Gott? Der ist mit der Prüfung seiner Schöpfung durchaus einverstanden:

> *Von allen Geistern die verneinen*
> *Ist mir der Schalk am wenigsten zur Last.*
> *Des Menschen Tätigkeit kann allzuleicht erschlaffen,*
> *Er liebt sich bald die unbedingte Ruh;*
> *Drum geb' ich gern ihm den Gesellen zu,*
> *Der reizt und wirkt, und muß als Teufel schaffen.*

Gott selbst gibt also Mephisto den Auftrag, so zu handeln, wie es seiner Rolle entspricht. Er lenkt die Aufmerksamkeit Mephistos bewusst auf Faust, weil er sich bei dem ziemlich sicher ist, dass er der Prüfung standhalten wird. Mephisto nimmt diesen Fall als Herausforderung und lässt sich auf eine Wette ein, von der Gott sagt:

> *Nun gut, es sei dir überlassen!*
> *Zieh diesen Geist von seinem Urquell ab,*
> *Und führ ihn, kannst du ihn erfassen,*
> *Auf deinem Wege mit herab,*
> *Und steh beschämt, wenn du bekennen mußt:*
> *Ein guter Mensch, in seinem dunklen Drange,*
> *Ist sich des rechten Weges wohl bewußt.*

Faust ist bei Goethe also das Versuchsobjekt eines himmlischen Experiments. Er ist gebildet in allen möglichen Wissenschaften und bleibt doch erfolglos in dem Bestreben, die Welt zu verändern und ein wenig die Schöpfung selbst in die Hand zu nehmen. War er wirklich der erfolgreiche Arzt, der in der Zeit der grausamen Pest seine Patienten vor der entsetzlichen Seuche retten konnte? Er weiß es besser: Die wenigen, die überlebten, hatten nichts weiter als Glück.

Wozu dann all die vergeudeten Jahre? Er fühlt, dass er gescheitert ist, und betrachtet nun mit Abscheu die wissenschaftlichen Geräte und Bücher in seinem dunklen, stickigen Arbeitszimmer. Während er sein Leben für die Wissenschaft geopfert hat und nun doch die eigene Machtlosigkeit erkennen muss, ist sein Leben verstrichen, und er ist alt geworden. Die Verzweiflung darüber übermannt ihn dermaßen, dass er daran denkt, sein Leben mit Gift zu beenden. Als aber die Glocken der Osternacht einsetzen, lässt er dieses Vorhaben zunächst fallen – noch erkennt er die christlichen Riten an. Wenn man bedenkt, dass ein Selbstmord nach christlichem Verständnis sündhaft wäre, merkt man: Noch hat Gott die Oberhand in diesem himmlischen Wettstreit.

Beim morgendlichen Osterspaziergang mit seinem Schüler Wagner, der mit seiner Pedanterie eine Karikatur des angepassten Gelehrten darstellt, spürt Faust umso schmerzlicher die Lebendigkeit und Lebensfreude seiner Mitmenschen und der Natur. Und plötzlich beobachtet er etwas Merkwürdiges: Vor seinen Augen streift ein schwarzer Pudel durch Saat und Stoppel. Aber irgendetwas stimmt nicht mit dem Tier:

> *Bemerkst du, wie in weitem Schneckenkreise*
> *Er um uns her und immer näher jagt?*
> *Und irr' ich nicht, so zieht ein Feuerstrudel*
> *Auf seinen Pfaden hinterdrein.*

sagt Faust zu Wagner, aber der sieht natürlich nichts anderes als einen ganz normalen schwarzen Pudel: *Es mag bei euch wohl Augentäuschung sein,* antwortet er ihm. Aber der Hund folgt den beiden hartnäckig und schlüpft schließlich mit in Fausts Arbeitszimmer. Ja, Faust hat Recht, dieser Hund ist in der Tat etwas Besonderes. Plötzlich beginnt er zu wachsen, Nebel erfüllt den Raum und hinter dem Ofen hervor tritt – Mephisto. *Wer bist du?,* fragt Faust und erhält zur Antwort:

> *Ein Teil von jener Kraft,*
> *die stets das Böse will und stets das Gute schafft.*
> *Ich bin der Geist, der stets verneint!*
> *Und das mit Recht; denn alles, was entsteht*
> *Ist wert, daß es zu Grunde geht;*
> *Drum besser wär's daß nichts entstünde.*
> *So ist denn alles was ihr Sünde,*
> *Zerstörung, kurz das Böse nennt,*
> *Mein eigentliches Element.*

Aber nach einigem weiteren Reden erkennt Faust: *Du kannst im Großen nichts vernichten / Und fängst es nun im Kleinen an.* Schon ist Mephisto durchschaut, der Sohn der Hölle, der doch ganz unter Gottes Macht steht. Das macht es Faust sehr viel leichter, mit Mephisto zu verhandeln. Der aber weiß von Fausts Problem und steuert direkt darauf zu: Faust fühlt sich zu alt, um sein Leben, das er mit der Wissenschaft vergeudet zu haben glaubt, nun noch einmal herumzureißen und seine wachsenden sinnlichen Bedürfnisse auszuleben. Hier aber kann Mephisto helfen. Er verspricht Faust, ihn zu verjüngen und ihm dann alle Freuden des Lebens zu verschaffen. Faust ahnt, dass ein solches Angebot einen hohen Preis hat, und wittert die Gefahr, sich Mephisto auszuliefern. So verfällt er, gottgleich, auf eine Wette und nennt Mephisto seine Bedingung:

Werd ich zum Augenblicke sagen:
Verweile doch! du bist so schön!
Dann magst du mich in Fesseln schlagen,
Dann will ich gern zu Grunde gehn!
Dann mag die Totenglocke schallen,
Dann bist du deines Dienstes frei,
Die Uhr mag stehn, der Zeiger fallen,
Es sei die Zeit für mich vorbei.

Mit dieser Wette hofft Faust, Mephisto ausgespielt zu haben, denn er glaubt nicht an die versprochenen Sinnenfreuden. Sie erscheinen ihm höchstens als *schmerzlicher Genuß, verliebter Haß, erquickender Verdruß*. Und Mephisto? Der schlägt in die Wette ein.

Die erste Station dieses seltsamen Freuden-Unterrichts ist der berühmte Auerbachs Keller in Leipzig, den es tatsächlich gibt. Hier verhöhnt Mephisto im Beisein Fausts ein paar klägliche Studenten mit Zaubertricks, vor denen sie erstarren und Angst bekommen. Aber das Unheimliche überwiegt. Faust kann deshalb auch den Moment nicht wirklich genießen.

Und den Verjüngungstrunk? Den kann Mephisto nicht einmal selbst beschaffen. Dafür müssen sie in eine Hexenküche. Zu einer Hexe? Faust ist empört. Einem solchen zwielichtigen Zauber traut er nicht. Doch unverhofft wird er des Gegenteils belehrt: Der Trank, den ihm die Hexe reicht, verjüngt ihn wirklich um dreißig Jahre. Und, so prophezeit ihm Mephisto:

Du siehst, mit diesem Trank im Leibe,
Bald Helenen in jedem Weibe.

Tatsächlich, kaum sind sie auf der Straße, entbrennt Faust schon für ein blutjunges Mädchen, das an ihnen vorbeigeht, als es aus der Kirche kommt.

Das ist ein harter Brocken: *Es ist ein gar unschuldig Ding, Das eben für nichts zur Beichte ging. Über die hab' ich keine Gewalt!*, mault Mephisto. Aber Faust ist unbeirrbar in seiner neuen Sinnengier. Wenn das nicht klappt, sagt er zu Mephisto, *So sind wir um Mitternacht geschieden.*

Die Jagd beginnt. Margarethe oder Gretchen, wie die Angebetete heißt, ist selbst von dem jungen Mann, der sie auf der Straße kurz gestreift hat, ganz unruhig geworden. Als Mephisto und Faust später heimlich in Gretchens verlassenes Zimmer eindringen, ist Faust hingerissen von der Lebendigkeit, die er hier spürt:

> *Natur! Hier bildetest in leichten Träumen*
> *Den eingebornen Engel aus;*
> *Hier lag das Kind! mit warmem Leben*
> *Den zarten Busen angefüllt,*
> *Und hier mit heilig reinem Weben*
> *Entwirkte sich das Götterbild.*
> *Und du! Was hat dich hergeführt?*
> *Wie innig fühl' ich mich gerührt!*
> *Was willst du hier? Was wird das Herz dir schwer?*
> *Armsel'ger Faust! ich kenne dich nicht mehr.*

Das ist er wirklich, ein armseliger Faust, der gierig nach Gretchen greift und voll Ungeduld sein Liebesabenteuer erwartet. Nur mit Mephistos geschickter Buhlerschaft, die auf Lug und Trug basiert, kann Gretchen schließlich gewonnen werden. Als sie nicht weiß, wie sie Faust bei Nacht heimlich an der schlafenden Mutter vorbei in ihr Zimmer führen soll, reicht der ihr einen Trunk, der die Mutter in Tiefschlaf versetzen soll. Doch das Gebräu, das ihm Mephisto beschafft hat, wirkt tödlich.

Zudem erwartet Gretchen bald danach ein Kind. Die Situation in der Stadt wird für sie immer beklemmender. Sie ist hin- und hergerissen zwischen ihrer Frömmigkeit und ihrer Liebe zu Faust. Dann passiert noch ein weiteres Unglück: Als Gretchens Bruder Valentin die verlorene Unschuld seiner Schwester rächen will, tötet ihn Faust bei einem nächtlichen Duell.

Ist das etwa der Augenblick, von dem man sagen möchte: *Verweile doch, du bist so schön?* Nein, wen wundert es, wenn selbst Faust auf einmal zu Mephisto sagt: *Bring die Begier zu ihrem süßen Leib / Nicht wieder vor die halb verrückten Sinnen!* Er weiß, dass er Gretchens Frieden unwiederbringlich zerstört hat. Die Schande wird für immer an ihr kleben:

> *Meine Ruh' ist hin,*
> *Mein Herz ist schwer,*
> *Ich finde sie nimmer*
> *und nimmermehr.*

hat Gretchen schon früher gesagt, als sie merkte, dass sie sich in Faust verliebte. Instinktiv spürte sie von Anfang an eine starke Abneigung gegen Mephisto, dessen Gegenwart ihr stets Unbehagen bereitete.

Faust dagegen besteigt in der Walpurgisnacht mit Mephisto den Brocken, einen hohen Berg in Deutschland. Sie werden eine Weile mitgerissen von der wilden, gespenstischen Hexenversammlung und verlieren sich in einem Rausch der Sinne.

Als sie zurückkehren, sitzt Gretchen bereits im Kerker. Nach dem Tod der Mutter hat sie ihr Kind heimlich zur Welt gebracht und in ihrer Verzweiflung ertränkt. Nun ist sie wegen Kindsmordes angeklagt und erwartet in ihrer Zelle den Henker. Da packt Faust die Reue: *Hund!*, klagt er Mephisto an, *abscheuliches Tier! – wandle den Wurm wieder in seine Hundsgestalt. (...) Jammer! Jammer! von keiner Menschenseele zu fassen, daß mehr als ein Geschöpf in die Tiefe dieses Elendes versank, daß nicht das erste genug tat für*

die Schuld aller übrigen in seiner windenden Todesnot vor
den Augen des ewig Verzeihenden.

Alle Lust am teuflischen Verführungsspiel ist verraucht. Faust gibt Mephisto die Schuld an dem Verderben, das sie zusammen angerichtet haben, doch der antwortet: *Wer war's, der sie ins Verderben stürzte? Ich oder du?* Mephisto rät zu verschwinden, doch das will nun Faust nicht auch noch. Wenn überhaupt noch etwas zu retten ist, dann soll Mephisto seine ganze listenreiche Zauberkraft dazu verwenden, den Kerker zu öffnen, und bei Gretchens Rettung helfen. Tatsächlich dringen die beiden unbemerkt in ihren Kerker ein. Aber die vor Todesangst halb wahnsinnige junge Frau fühlt, dass die Liebe, die sie gegeben hat, nicht genauso erwidert wird. Und außerdem: Noch immer wird Faust von seinem Compagnon Mephisto begleitet, von dem sie ahnt, dass er nur weiteres Unglück bringen würde. Es gibt kein Entkommen für sie. Verzweifelt wendet sie sich an die einzige Instanz, die ihr bleibt: *Gericht Gottes! dir hab' ich mich übergeben!* Während sich Faust und Mephisto aus dem Staub machen, verkündet eine himmlische Stimme Gretchens Rettung. Für Gretchen also endet die Tragödie versöhnlich – im Leben nach dem Tod wird ihr der Frieden zuteil werden, der ihr auf der Erde so grausam genommen wurde. Damit endet der erste Teil des ›Faust‹.«

Tuma wollte eben nach seiner Teeschale greifen, da fragte ein Mitglied der Kommission erregt: »Also doch keine Höllenfahrt für Faust, obwohl du sie angekündigt hast?« Da fing Tuma wieder an zu sprechen:

»Ja, die Höllenfahrt – sie ist, wie ihr seht, bei Goethe nicht Bestandteil des ersten Teils. Deshalb will ich euch nur schnell wenigstens das hierfür Wichtige des zweiten Teils berichten, damit ihr seht, was später aus Faust wird. Er hat, wie ihr gehört habt, im ersten Teil schwerste Schuld auf

sich geladen. Am Ende regt sich aber bei ihm die Reue, sodass es vielleicht noch die Möglichkeit einer Umkehr gäbe
– die Wette mit Mephisto ist ja noch nicht entschieden.

Der zweite Teil des ›Faust‹ beginnt damit, dass Faust aus
einem Schlaf erwacht, während dem ihm zauberhafte El-
fen jede Erinnerung genommen und ihn von der Verzweiflung über die Tragödie mit Gretchen befreit haben. Er
kann also noch einmal von vorne beginnen. Und das genau
tut er, aber anders, als wir es nun vielleicht gehofft haben.
Auch im Verlauf des zweiten Teils begeht Faust nur Betrü-
gereien und Schandtaten: So lässt er sich unter anderem
mit mythischen Mächten ein und schwingt sich schließlich
zu einem tyrannischen Herrscher auf. Von all dem möchte
ich, wie gesagt, schweigen, nur so viel: Eines Tages, als Faust
wieder alt und inzwischen erblindet ist, spricht er den Satz
aus, der einst die Bedingung für den Handel mit Mephisto
absteckte:

> *Zum Augenblicke dürft ich sagen:*
> *Verweile doch, du bist so schön!*

Im nächsten Augenblick bricht Faust tot zusammen – Mephisto hat nicht nur die Wette mit Gott gewonnen, sondern
nun auch ein Anrecht auf Fausts Seele. Doch er ist misstrauisch:

> *Der Körper liegt, und will der Geist entfliehn,*
> *Ich zeig ihm rasch den blutgeschriebnen Titel; –*
> *Doch leider hat man jetzt so viele Mittel,*
> *Dem Teufel Seelen zu entziehn.*

Da schweben auch schon die himmlischen Heerscharen
daher. Engel am Grab des Sünders Faust? Da stimmt doch
etwas nicht. Mephisto weiß nicht mehr, wo ihm der Kopf
steht. Rosen werden gestreut und niedliche kleine Putten

umgarnen ihn. Deren Charme kann er sich nicht entziehen:

> *Welch ein verfluchtes Abenteuer!*
> *Ist dies ein Liebeselement?*
> *Der ganze Körper steht in Feuer,*
> *Ich fühle kaum, daß es im Nacken brennt. –*
> *(…)*
> *So sieh mich doch ein wenig lüstern an!*
> *Auch könntet ihr anständig-nackter gehen,*
> *Das lange Flatterhemd ist übersittlich –*
> *Sie wenden sich – von hinten anzusehen! –*
> *Die Racker sind doch allzu appetitlich!*

Vor lauter Faszination vergisst Mephisto, dass er darauf wartet, dass Fausts Seele den Körper verlässt. Und ehe er sich
versieht, ist sie weg – sofort in Empfang genommen von
den Engeln, die sich mit ihr in die Lüfte erheben. Mephisto
ist der Betrogene!

Dieses Ende ist nun wahrlich ein ganz anderes als das des
Volksbuches vom Doktor Faust, das die Kirche als düstere
Drohung hatte einsetzen können: Der mit allen erdenk-
lichen Sünden beladene Goethesche Faust, der ohne Reue
stirbt, wird aufgenommen in den Himmel, ohne dass er es
sich irgendwie verdient hätte. Der Gott des Prologs im
Himmel scheut sich nicht nur nicht davor, mit seinem ab-
gefallenen Engel Mephisto eine Wette einzugehen, nein, er
betrügt ihn am Ende auch noch um seinen Gewinn – das ist
vielleicht das ironischste Element in diesem Meisterwerk
Goethes. Und vielleicht der Grund dafür, weshalb Goethe
das Werk nicht zu Lebzeiten veröffentlichen wollte.

Ganz kurz zum Schluss will ich noch sagen: Auch die
Liebe wird am Ende versöhnt. Gretchen erwartet Fausts
Seele und erhält von der Himmelskönigin die Erlaubnis,
nun seine Führerin zu sein. Jubelnd begrüßt sie ihn:

Neige, Neige,
Du Ohnegleiche,
Du Strahlenreiche,
Dein Antlitz gnädig meinem Glück!
Der früh Geliebte,
Nicht mehr Getrübte,
Er kommt zurück.

Tuma lehnte sich erschöpft vom langen Sprechen zurück. Er hatte sich ganz in das Drama versetzt und alles um sich herum vergessen. Man merkte ihm an, dass ihn die Ereignisse mitgerissen hatten. Er schien nur langsam wieder aus der Geschichte zu erwachen.

Auch die Kommission war derart beeindruckt, dass sie eine Weile schweigend dasaß. Oder war man etwa schockiert von dem Ende?

Nach einigen Minuten erhoben sich der Sultan und die Gelehrten schließlich und zogen sich zur Beratung zurück. Als sie zurückkehrten, merkte man ihnen eine gewisse Anstrengung an und hätte fast meinen können, sie hätten sich gestritten.

»Tuma«, sprach ihn schließlich der junge Sultan an, »wir danken dir für diesen Vortrag. Er hat uns mit Faust und vor allem mit Gretchen mitleiden lassen, die die göttliche Unschuld in sich trug und doch wehrlos war gegen ihre Verführer. Erst im Sterben wuchs sie über sich hinaus, als sie nicht noch einmal in die Arme Mephistos fliehen wollte, der immer an Fausts Seite war, sondern lieber das Sterben auf sich nahm, um ihre Sünden zu büßen. Wir halten Goethe, was das betrifft, für einen genialen Meister. Trotzdem waren wir uns nicht ganz einig, ob dieser gewiss sehr beeindruckende Stoff in das Haus der Weisheit aufgenommen werden soll oder nicht. Vielleicht darf man ihn nur den älteren und sehr reifen Schülern geben, damit sie dann einen Blick in die Gedanken der europäischen Aufklärung werfen können.«

DIE SECHSTE NACHT,
IN DER ES UM
WAHLVERWANDTSCHAFTEN UND
WECHSELNDE LIEBESBEZIEHUNGEN GING

»Lieber Freund und Bruder,
verehrte Mitglieder der weisen Kommission,
ihr habt mich ein weiteres Mal ersucht, euch über Johann
Wolfgang von Goethe zu berichten, damit ihr feststellen
könnt, ob dieser große deutsche Dichter einen Platz in unserem Haus der Weisheit finden soll. Bei der Suche nach
einem geeigneten Werk bin ich immer wieder auf einen
Roman aus Goethes späten Jahren gestoßen, der allseits ge-
priesen wird.

Als ich das Buch in einer deutschen Bibliothek zum ersten Mal in die Hand nahm und die knappe Inhaltsangabe
vorne im Buch las, fragte ich mich, was mich sein Thema
eigentlich anginge. Ich bin jung und – heute wie damals –
noch nicht verheiratet. Ich erwähne dies, um euch zu erklären, warum ich anfangs nur wenig Lust verspürte, mich
mit den Problemen von Eheleuten zu beschäftigen, die
einen anderen mehr lieben als ihren Gatten und am Ende
nichts als einen riesigen Scherbenhaufen hinterlassen.
Denn genau davon handelt dieses Buch.

Eure Klugheit entscheidet nach anderen Gesichtspunk-
ten. Und doch weiß ich um eure Absicht, unser Haus der
Weisheit so einzurichten, dass gerade wir jungen Menschen
aus Hulm profitieren. Das Haus der Weisheit soll unsere
Zukunft sein. Warum sollte ein Buch in unsere Sprache
übersetzt werden, durch das wir nur auf die ehelichen Lie-
besnöte eines alternden Paares schauen? Vielleicht belächeln wir ja kopfschüttelnd ihre Probleme, weil wir uns in

keiner Weise von ihnen betroffen fühlen – denn Literatur ist doch für den Leser immer auch eine Form der Selbstspiegelung. Auch ich habe zunächst so gedacht und wollte mich damit über das Buch hinwegsetzen. All dies sage ich nur, um vor Missverständnissen und falschen Bedenken zu warnen, denen ich selber eine Zeit lang aufsaß. Hatte ich nicht eine ganz andere Liebe im Kopf, eine junge, unverbrauchte Liebe, die sich durch nichts als Leidenschaft am Leben hält und sich nicht täglich belügt um des äußeren Scheins? Ich fürchtete mich davor, einen Abgesang auf die Liebe zu lesen, wie ich ihn von einem Eheroman erwartete. Doch ich hätte es besser wissen müssen. Konnte der Dichter des ›Werther‹ so sehr seinen Helden im Stich gelassen und im Alter ausschließlich der kalten Vernunft das Wort geredet haben? Auch wenn er vielleicht mit den Jahren vorsichtiger geworden sein mochte, musste doch noch irgendwo eine Spur der reinen Leidenschaft des Werther übrig geblieben sein. Diese nahm ich mir schließlich vor, in den ›Wahlverwandtschaften‹ zu suchen. Und tatsächlich, kaum hatte ich mit dem Lesen begonnen, fand ich die uns bei Goethe nun schon bekannte bedingungslose Liebe wieder. Zugleich aber fand ich mich mitten in eine Affäre katapultiert, die genau diese Bedingungslosigkeit berechtigterweise, wie es mir schien, in Frage stellte. Ein kopfschüttelndes Belächeln war nicht mehr möglich. Ich fühlte, wie ich mich bald auf die eine, bald auf die andere Seite schlug, mal der Vernunft, mal dem Gefühl folgen wollte, als wäre hier nicht von einer alten Ehe die Rede, die mich nichts anging, sondern von meiner eigenen Not.

Für viele war Goethe, als der Roman 1809 erschien, noch immer zu radikal. Ihnen verteidigte er nicht vehement genug die Institution der Ehe. Für andere, die ein Buch so radikal wie der ›Werther‹ erwartet hatten, war Goethe scheinbar ins feindliche Lager gewechselt und hatte die Liebe verraten. Nichts von beidem stimmt meines Erachtens. Es ist nur die Unvereinbarkeit dieser beiden Ideen, die schließlich für alle Beteiligten das tragische Ende des Romans verursacht. Die Akteure geraten nicht nur in den Strudel ihrer Gefühle, sondern zugleich auch in den Sog einer sich deutlich wandelnden Zeit. Goethes ›Wahlverwandtschaften‹ erzählen auch von einem gesellschaftlichen Umbruch. Das aber wurde damals, so scheint mir, vielfach allzu leichtfertig übersehen.

Das Wort ›Wahlverwandtschaft‹ übernahm Goethe aus der Naturwissenschaft. Spätestens seit 1775 bezeichnete man in der Chemie die Eigenschaft bestimmter chemischer Elemente als *Wahlverwandtschaft*, wenn sie bei der Annäherung anderer Elemente schnell ihre bestehende Verbindung lösen und eine neue zum hinzutretenden Element bilden.«

Hier beendete Tuma seine Einführung, um aber sogleich mit der eigentlichen Geschichte fortzufahren, nachdem er nur kurz die Teeschale an seine Lippen gehoben hatte.

»Eduard«, begann er, »ist von altem Landadel. Mit diesem ist es zwar nicht mehr allzu weit her, aber Eduard besitzt noch alles, was sein Herz begehrt: ein Schloss, einen Park, Geld genug, um sich nur mit sich selbst und seinem Wohlergehen beschäftigen zu können. Und zu diesem Wohlergehen gehört seit einiger Zeit auch seine Frau Charlotte. Eduard und sie kennen und lieben sich wohl schon von Kindheit an, doch beide waren von den Eltern zunächst in andere Ehen gedrängt worden, die ihren Besitz weiter vermehrten. Erst als schließlich die jeweils ungeliebten Ehegatten verstarben, ließ sich Eduards und Charlottes Verbindung noch arrangieren. Sie heirateten und zogen sich auf einen ruhigen Landsitz zurück.

Eduard hat seit seiner Jugendzeit einen Freund, dem es leider weniger gut geht als ihm selbst. Der ist mit seiner

Karriere gestrandet. Zwar sind beide, Eduard und der so genannte Hauptmann, nun gleichermaßen ohne eine Aufgabe, aber was bei Eduard der freiwillige Rückzug in das Privatleben ist, bedeutet für den Hauptmann den tragischen Verlust seines Dienstverhältnisses. Er ist, mit anderen Worten, ohne Aussicht auf eine neue Stellung, was ziemlich an seiner Reputation kratzt.

Eduard möchte den Hauptmann zu sich nehmen, um ihm zu helfen, aber da erhebt Charlotte Einspruch. Hat sie sich deshalb ganz auf ein Leben mit Eduard eingestellt, damit jetzt ein Dritter zwischen sie tritt? Dass sie schließlich dennoch einwilligt, liegt nur daran, dass auch sie einen Menschen hat, dem sie aus der Not helfen könnte, wenn sie ihn zu sich nähme. Es geht um ihre Nichte Ottilie, eine Waise, die alle Aussicht verloren hat, je wieder irgendwo oben in der Gesellschaft mitzumischen, zumal sie eher in Demut verharrt, als durch Geist und Witz auf sich aufmerksam zu machen. Charlotte möchte Ottilie bei sich zu Hause neues Selbstvertrauen geben und setzt dabei nicht zuletzt auch auf die Wirkung Eduards.

Sie kommt schließlich mit ihm überein: Wenn der Hauptmann Aufnahme in ihrem Haus findet, dann wird auch sie Ottilie zu sich nehmen. Das ist freilich typisch für Charlotte: Sie wirkt stets weniger emotionsgeladen als Eduard, aber sie sucht geschickt Kompromisse, ohne ihr Ziel aus den Augen zu verlieren.«

»Dann kann das Spiel der Elemente ja beginnen!«, rief ein junger Gelehrter. Tuma lachte und nickte, dann nahm er den Faden seiner Erzählung wieder auf.

»Als der Hauptmann erscheint, entpuppt er sich als ein an der Vernunft, am Planen und Bauen orientierter Mensch, der ungern Dinge dem Zufall überlässt. Er ist ein Mann der neuen bürgerlichen Gesellschaft, tatkräftig und voller Ideen, aber es scheint, die Zeit ist noch nicht wirklich reif für ihn. Sein Wert wird in der alten adligen Gesellschaft noch nicht richtig erkannt, sonst wäre er nicht in einer solch misslichen Lage. Was aber seine Tatkraft betrifft, so ist sie ungebremst. Gleich nach seiner Ankunft bei Eduard und Charlotte vermisst er den Garten neu und betrachtet ihn auf einen größeren Entwurf hin, den er gerne ausführen würde, wenn ihm das nötige Kleingeld zur Verfügung stünde. Er wirbt mit seinen Ideen und tritt für sie ein – damit ist er ein ganz anderer Typ als Eduard und zugleich das krasse Gegenteil von Ottilie. Eduard ist sofort begeistert vom Gartenplan des Hauptmanns, auch wenn er dadurch Charlottes eigenen kleinen Bemühungen gnadenlos in den Rücken fällt. Überhaupt lässt er sich gerne vom Hauptmann lenken, der seinem Leben endlich ein wenig Ordnung verspricht: Der ordnet mit Eduard Akten und Dokumente, steckt Ziele ab und errechnet, in welchem Zeitraum sie finanzierbar sind. All das hat Eduard noch nie beschäftigt. Von nun an sind Eduard und der Hauptmann den ganzen Tag zusammen und arbeiten.

Eines Abends sitzen alle drei wie so oft vorlesend und zuhörend beisammen, um den Tag ausklingen zu lassen, als Charlotte im Text unverhofft über das Wort ›Verwandtschaft‹ stolpert. Sie findet, dass es in einem seltsamen Zusammenhang gebraucht ist, nämlich in einer naturwissenschaftlichen Schrift über die Elemente. Der Hauptmann erklärt ihr, was es damit auf sich hat: Es gibt Elemente, sagt er, *die schnell zusammentreten, sich vereinigen, ohne aneinander etwas zu verändern, wie sich Wein mit Wasser vermischt. Dagegen werden andere fremd neben einander verharren und selbst durch mechanisches Mischen und Reiben sich keineswegs verbinden; wie Öl und Wasser zusammengerüttelt sich den Augenblick wieder aus einander sondert. (…) Diejenigen Naturen, die beim Zusammentreffen einander schnell ergreifen und wechselseitig bestimmen, nennen wir verwandt.* Und dann gibt er ein Beispiel aus der Natur: *Was wir Kalkstein nennen ist eine mehr oder weniger reine*

Kalkerde, innig mit einer zarten Säure verbunden, die uns in Luftform bekannt geworden ist. Bringt man ein Stück solchen Steines in verdünnte Schwefelsäure, so ergreift diese den Kalk und erscheint mit ihm als Gyps, jene zarte luftige Säure hingegen entflieht. Hier ist eine Trennung, eine neue Zusammensetzung entstanden und man glaubt sich nunmehr berechtigt, sogar das Wort Wahlverwandtschaft anzuwenden, weil es wirklich aussieht als wenn ein Verhältnis dem andern vorgezogen, eins von dem andern erwählt würde.

Der Hauptmann trägt die Erkenntnisse ganz nüchtern und ohne Hintergedanken vor. Doch Charlotte überträgt seine Worte sofort auf die emotionale Ebene und widerspricht, sie könne darin *niemals eine Wahl, eher eine Naturnotwendigkeit erblicken, und auch diese kaum: denn es ist am Ende vielleicht gar nur die Sache der Gelegenheit. Gelegenheit macht Verhältnisse wie sie Diebe macht. (...) In dem gegenwärtigen Falle dauert mich nur die arme Luftsäure, die sich wieder im Unendlichen herumtreiben muß.* Der Hauptmann beruhigt weiterhin nüchtern: *Es kommt nur auf sie an, sich mit dem Wasser zu verbinden und als Mineralquelle Gesunden und Kranken zur Erquickung zu dienen.*

Aber im Zimmer der drei hat sich das Gleichnis um die Wahlverwandtschaften in der Natur längst zu einer gänzlich persönlichen Deutung hin verlagert: Das Naturgesetz wird zurückverwandelt in ein Gleichnis menschlicher Bindungen. Eduard, der das Erklärte zwar versteht, aber doch eher ein unwissenschaftlicher Mensch ist, wendet das Naturgesetz sofort auf die eigene Situation an: Charlotte und er hängen zwar eigentlich fest zusammen, aber der Hauptmann entzieht ihn momentan seiner Frau. Folglich bräuchte es eine vierte Kraft, um alle Teile wieder zu binden. Es liegt nahe, dass Eduard dabei an Ottilie als Gesellschaft für Charlotte denkt.

Doch da hat er die Rechnung ohne den Wirt gemacht. Als Ottilie schließlich eintrifft, ändern sich die – gedachten –

Verhältnisse blitzschnell. *Gelegenheit macht Verhältnisse wie sie Diebe macht*, hatte Charlotte gesagt, und das beschreibt schon genau die Geschehnisse. Die von Eduard erdachte schöne Ordnung kommt nicht zu Stande, denn Eduard verliebt sich in Ottilie. Seine Leidenschaft wird mit jedem Tag größer, er ist im wahrsten Sinne des Wortes in ihrem Bann und fühlt sich darin von dem Naturgesetz bestätigt. Ottilie dagegen ahnt nichts von den gewaltigen Anziehungskräften der Liebe, mit denen sie noch keine Erfahrung hat. Am Anfang fühlt sie nur Zuneigung zu Eduard. Später aber, durch den geheimen Zwang der Wahlverwandtschaft, wünscht auch sie sich insgeheim, wie Eduard selbst, dessen Trennung von Charlotte.

Wenn zwei Elemente neue Verbindungen eingehen, was wird dann aus den beiden freigesetzten? Auch sie bleiben nicht gänzlich verschont von gegenseitigen Anziehungskräften: Charlotte, die sich seit jeher um den Park gekümmert hat, fühlt sich angeregt und herausgefordert von den eifrigen Planungen des Hauptmanns. Es macht ihr nun Spaß, mit ihm zusammenzuarbeiten, die finanziellen Voraussetzungen zu regeln und gemeinsam weitere Pläne zu schmieden. Auch der Hauptmann, seines Einflusses auf Eduard verlustig, erkennt in Charlotte die klügere, bedächtigere Gesprächspartnerin und fühlt sich ihr geistig jeden Tag näher. Wen wundert es, dass diese beiden auch vorsichtiger mit den aufkommenden Gefühlen umgehen, und dass sie versuchen, sich gegen sie zu wehren? Beide haben sich der modernen Vernunft verschrieben. Sie wollen Charlottes Ehe nicht brechen, sondern dem gefährlichen Spiel der Leidenschaften vielmehr entgegentreten.

Eduard dagegen ist zu einem solch rationalen Umgang mit seinen Gefühlen nicht in der Lage. Ist es denn überhaupt wirklich Liebe, wenn man so nüchtern abwägen und die Vernunft walten lassen kann? Bedeutet das nicht den Tod jeder Leidenschaft? War die späte Ehe mit Charlotte überhaupt je von einer solchen Leidenschaft gekrönt oder war sie vielmehr nur ein kurzes Aufleuchten vergangener Jugendgefühle? Je mehr sich Eduard in seine grenzenlose Leidenschaft für Ottilie verstrickt und je mehr Charlotte versucht, ihre Gefühle für den Hauptmann zu unterdrücken, desto unüberwindbarer scheinen die Gegensätze zwischen den Eheleuten.

In diesem Zustand kommt eine Art Katalysator ins Spiel, der die Situation unbeabsichtigt zuspitzt: Eines Tages kündigt ein weiteres Paar an, Eduard und Charlotte einen Besuch abzustatten. Der Hauptmann, der nach der Verbindung des Paars zueinander fragt, erfährt: *Sie hatten früher, beide schon anderwärts verheiratet, sich leidenschaftlich liebgewonnen. Eine doppelte Ehe war nicht ohne Aufsehn gestört; man dachte an Scheidung. Bei der Baronesse war sie möglich geworden, beim Grafen nicht. Sie mußten sich zum Scheine trennen, allein ihr Verhältnis blieb.*

Das ist eine neue Variante des Spiels mit einem Ausgang, der Charlotte gänzlich widerstrebt. So kühl und leidenschaftslos wie der Graf empfindet sie die Liebe nicht. Die Kälte des modern gewordenen nüchternen Rationalismus schreckt sie ab. Betroffen hört sie des Grafen Meinung, dass jede Ehe nur auf fünf Jahre geschlossen werden solle: *Es sei,* sagte er, *dies eine schöne ungrade heilige Zahl und ein solcher Zeitraum eben hinreichend um sich kennen zu lernen, einige Kinder heran zu bringen, sich zu entzweien und, was das schönste sei, wieder zu versöhnen.* Was er sagt, klingt in Charlottes Ohren zynisch. Die gesuchte Freiheit hat nichts mehr mit wirklicher Liebe zu tun, sondern kalkuliert von vornherein mit Trennung und Scheidung, ja mit der Endlichkeit aller Liebe. In einer neuen Zeit, die so denkt, ist weder für die absolute, übermächtige Leidenschaft Eduards Platz noch für die alte Treue in der Ehe, an die Charlotte mit fester Überzeugung glaubt.

Die propagierte Endlichkeit der Gefühle wird plötzlich

auch noch konkret, als der Graf vorschlägt, seine Beziehungen spielen zu lassen und dem Hauptmann wieder eine standesgemäße Anstellung zu verschaffen. Und die Baronesse hat entsprechende Pläne mit Ottilie, die ihr den rechten gesellschaftlichen Schliff für ihre Zukunft geben sollen. Diese Pläne stürzen das Schloss über Nacht in eine tiefe Krise. Keiner der vier hatte damit gerechnet, bald Abschied nehmen zu müssen. Davon war in dem Naturgesetz nicht die Rede. Die Situation eskaliert: Die bis dahin allseits noch unerfüllten Liebeswünsche drängen sich nun panisch auf.

In der allgemeinen Verwirrung landet Eduard aber nicht, wie man hätte vermuten können, bei Ottilie, sondern bei seiner Frau. Bei ihr weint er sich aus. Fast ohne es zu realisieren, schlafen Eduard und Charlotte, im Chaos ihrer Gefühle, miteinander. In der Phantasie aber begehen dabei beide Ehebruch. Es ist der Gipfel des Täuschungsspiels: *Eduard hielt nur Ottilien in seinen Armen; Charlotten schwebte der Hauptmann näher oder ferner vor der Seele, und so verwebten, wundersam genug, sich Anwesendes und Gegenwärtiges reizend und wonnevoll durcheinander.* Am nächsten Morgen halten die Ehegatten ihr falsches Spiel nicht mehr aus. Sie treten, *gleichsam beschämt und reuig*, vor ihre jeweiligen Geliebten und gestehen erstmals offen, was sie tatsächlich fühlen.

Charlotte will aber trotzdem weiter an ihrer Ehe festhalten, zumal sie weiß, dass für den Hauptmann die neue Stellung von Vorteil wäre. Wie immer lässt sie sich hier also durch eine Mischung aus Moral und Vernunft leiten: Der Hauptmann reist ab und damit schwebt nun erneut eines der Elemente frei im Raum. Charlotte verlangt von Eduard, dass auch er Ottilie entsagt, damit die alte Verbindung zwischen Charlotte und ihm wiederhergestellt werden kann. Aber noch einmal kommt alles anders. Anstatt einzuwilligen, dass Ottilie fortgeschickt wird, entschließt sich Eduard lieber, selbst das Haus zu verlassen.

Charlotte und Ottilie bleiben zurück, zwei übrig gebliebene Elemente, die zaghaft eine Art Notverbindung versuchen. Aber die Gefühle sind für beide nur schwer unter Kontrolle zu bringen. Als klar wird, dass Charlotte aus der Nacht des doppelten gedanklichen Ehebruchs ein Kind erwartet, scheint das ganze Viererverhältnis endgültig zusammenzubrechen. Eduard zieht in den Krieg: *Er sehnte sich nach dem Untergang, weil ihm das Dasein unerträglich zu werden drohte.* Mit diesem Entschluss Eduards endet der erste Teil des Romans.

Der zweite Teil der ›Wahlverwandtschaften‹ ist von den vielen Versuchen der beiden zurückgebliebenen Frauen bestimmt, wieder ins Leben zurückzufinden. Ich will davon nichts Genaueres berichten, denn im Grunde gehen sie beide doch nur oberflächlichen Beschäftigungen nach, die ihre Gefühle für Eduard nicht verändern. Ottilie zieht sich so konsequent in sich selbst zurück, dass sie immer mehr wie eine rätselhafte Erscheinung aus einem *verschwundenen goldenen Zeitalter* wirkt. Erst bei der Geburt des Sohnes von Eduard und Charlotte findet Ottilie eine Aufgabe, der sie sich mit ganzer Kraft widmet. Doch muss sie verwundert erkennen, dass das Kind nicht die Züge seiner leiblichen Eltern, sondern ihre und die des Hauptmanns trägt. Sie weiß sich keinen Reim darauf zu machen, aber fühlt sich dadurch dem Kind umso näher.

Eines Tages kehrt Eduard unversehrt aus dem Krieg zurück und findet, dass ihn das Schicksal nun geradezu berechtigt, Ottilie zu lieben. Um seine Liebe zu ihr endlich offen ausleben zu können, möchte Eduard jetzt die endgültige Trennung von Charlotte. Er trifft sich mit dem Hauptmann, der inzwischen Major geworden ist, und versucht über ihn, die günstigen wahlverwandtschaftlichen Verbindungen wieder vollständig aufleben zu lassen. Während der Major versucht, die Dinge bei Charlotte vorsichtig anzusprechen, möchte Eduard seine Leidenschaft nicht mehr länger unterdrücken. Er kann es nun nicht erwarten, Ottilie endlich wieder zu sehen. Heimlich macht er sich auf und überrascht sie, als sie mit dem Kind am Teich im Park ist. Ottilie ist glücklich, Eduard lebend wieder zu sehen. Als sie ihm das Kind zeigt, das auf so merkwürdige Weise ihre Züge trägt, gesteht ihr Eduard den geistigen Ehebruch, stilisiert ihn aber sofort zum Zeichen seiner unverbrüchlichen, nur ihr gewidmeten Liebe. Ottilie willigt daraufhin, unter der Bedingung, dass Charlotte Eduard tatsächlich freigibt, in seine Eheabsichten ein. *Die Hoffnung fuhr wie ein Stern, der vom Himmel fällt, über ihre Häupter weg. Sie wähnten, sie glaubten einander anzugehören, sie wechselten zum erstenmal entschiedene, freie Küsse und trennten sich gewaltsam und schmerzlich.*

Ottilie überlegt nach dieser Begegnung, wie sie am schnellsten die versäumte Zeit aufholen kann, um noch rechtzeitig zu Charlotte ins Schloss zurückzukehren. Sie steigt schließlich in ein Boot, um den Weg übers Wasser abzukürzen. Sie hält das Kind im Arm und gleichzeitig ein Buch in der Hand. Mit der anderen Hand ergreift sie das Ruder. Noch ganz in Erregung über das Wiedersehen mit Eduard und die Aussicht auf eine gemeinsame Zukunft, rudert sie los. Sie kentert – das Kind ertrinkt.

Der Tod des Kindes, in das Charlotte alle Hoffnung, die Ehe doch noch retten zu können, gesetzt hatte, lässt sie in ihrem Kampf um Eduard erstarren. Sie willigt in die Scheidung ein: *durch mein Zaudern, mein Widerstreben habe ich das Kind getötet. Es sind gewisse Dinge, die sich das Schicksal hartnäckig vornimmt. Vergebens, daß Vernunft und Tugend, Pflicht und alles Heilige sich ihm in den Weg stellen.*

Aber nun ist es Ottilie, die der Liebe zu Eduard endgültig entsagt. Sie fühlt sich als einen vom Schicksal *auf eine fürchterliche Weise* gezeichneten Menschen, der nichts als Unheil um sich herum verbreitet. Sie hat nur noch den Wunsch, ihre Schuld zu büßen, indem sie mit Kindern arbeitet und ihnen ihre Liebe schenkt. Schnellstmöglich und ohne Abschied von Eduard will sie fort aus dem Schloss. Aber der Ausweg wird ihr von Eduard verstellt, der sie zum Bleiben zwingt. Er, der sich nach allen Entbehrungen so dicht am Ziel wähnte, kann Ottilies Entschluss nicht akzeptieren. Ottilie weiß, dass sie Eduard noch immer liebt, aber ebenso weiß sie, dass sie mit ihm nach dem tragischen Ereignis nicht mehr leben kann. Sie verstummt. Sie verweigert die Nahrung. Und sie tötet sich damit allmählich selbst.

Nach ihrem Tod wird Eduard wieder zum einzelnen Element, das frei in die Lüfte entschwebt. Wie hatte Charlotte bei der Beschreibung des Naturgesetzes gesagt: *In dem gegenwärtigen Falle dauert mich nur die arme Luftsäure, die sich wieder im Unendlichen herumtreiben muß.* Auch Eduard stirbt, nicht durch Selbstmord wie Werther, sondern aus eigentlicher Unfähigkeit weiterzuleben. Ottilie und er werden nebeneinander beerdigt.

Der Roman endet an dieser Stelle mit einer seltsam offenen Wendung: *So ruhen die Liebenden nebeneinander. Friede schwebt über ihrer Stätte, heitere, verwandte Engelsbilder schauen vom Gewölbe auf sie herab, und welch ein freundlicher Augenblick wird es sein, wenn sie dereinst wieder zusammen erwachen.* Hier hat Goethe, wie mir scheint, doch noch der unbedingten Liebe, die in der neuen rational bestimmten Welt so wenig durchsetzbar schien, ein Türchen offen gelassen. Oder ist es nur Ironie? Der Dichter gibt keine Antwort.«

Erschöpft endete Tuma hier seinen Bericht. (Auch ich war erschöpft, schwelgte aber noch in den Gefühlen, mit denen er uns die ganze Zeit in Bann gehalten hatte. Es war eine atemberaubende Geschichte gewesen, die mich so schnell nicht wieder losließ. Aus diesem Grund war es mir aber leider auch nicht gegeben, noch alles aufzuschreiben, was in der weiteren Folge von der Kommission über Goethes »Wahlverwandtschaften« gesagt wurde.)

Nach anfänglicher Ruhe, in der alles, was Tuma erzählt hatte, noch einmal in unseren Köpfen ablief, begann eine längere Diskussion, die die Mitglieder im Lauf der Zeit immer deutlicher in zwei Lager spaltete. Die Auseinandersetzung ging darum, ob Eduards Liebe oder Charlottes Versuch, die Ehe zu retten, der Vorzug zu geben sei. Man konnte sich nicht entscheiden. Und keine Seite wollte der anderen nachgeben.

Die Kommission zog sich zurück, doch man hörte diesmal, dass die Debatte nicht einfach leidenschaftlich, sondern richtig heftig verlief. Als die Mitglieder endlich wieder in den Saal traten, sprachen sie immer noch erregt durcheinander. Der Sultan bemühte sich, den Disput herunterzuspielen und einen gemeinsamen Nenner zu finden:

»Lieber Bruder, mir scheint, die ›Wahlverwandtschaften‹ haben vieles von der Wucht der griechischen Tragödien, aber was dem Dichter nicht zu lösen gelang, wird auch uns nicht gelingen. Mir jedenfalls haben sie beide, Eduard und Charlotte, gleichermaßen gefallen. Und ich frage mich, ob wir anders diskutieren würden, wenn wir statt von Ehe von Treue sprächen. Ist es möglich, eine Beziehung, die lange glücklich besteht, zu erhalten, wenn einer der beiden Partner plötzlich wie Eduard einen anderen Menschen findet und in ihm das Ziel all seiner Wünsche und Träume entdeckt? Ich glaube nein. Also kommt es in Goethes Roman meines Erachtens gar nicht so sehr auf die eigentliche Ehe an, sondern eher auf die Frage, wie stark oder schwach eine Liebe ist und ob zwei Menschen einander nur aus Gewohnheit treu sind oder aus wahrer Liebe.«

Er schwieg einen Moment, danach wandte er sich an Tuma und fuhr fort: »Lieber Bruder, ich danke dir für diesen neuerlichen Bericht, der uns alle sehr ergriffen hat. Was dein Bedenken angeht, wir könnten glauben, der Roman sei für jüngere Menschen ohne Interesse, so irrst du. Die ›Wahlverwandtschaften‹ sind wohl mindestens genauso interessant und wichtig wie der ›Werther‹. Diesmal hat Goethe nur zur Liebe auch noch die Frage der Treue dazugesetzt.

Mögen nur alle mit solcher Überzeugung für ihre Liebe einstehen wie Charlotte und Eduard auf ihre ganz unterschiedliche Weise und nicht so werden wie jener Graf und die Baronesse, die für uns in der Kommission die abschreckendsten Personen im ganzen Buch waren. Ich danke dir, Tuma, für diesen Abend, an dem du uns nun schon zum sechsten Mal mit Goethe unterhalten hast. Mich hat übrigens heute auch sehr begeistert, wie präzise Goethe seine wissenschaftlichen Kenntnisse in den Roman eingearbeitet hat. Du hast mir kürzlich erzählt, dass Goethe sehr viel geforscht und manche wissenschaftlichen Erkenntnisse gefunden hat. Das interessiert mich nach dem, was ich heute gehört habe, genauer. Ich würde mir also wünschen, wenn niemand etwas dagegen hat, dass du uns morgen ein wenig auch über Goethes wissenschaftliche Schriften berichtest, und hoffe, du bist damit einverstanden.«

Tuma freute sich über dieses besondere Interesse und dankte dem Sultan für seine Aufforderung. Der lachte und verabschiedete sich von seinen Gästen, begleitete sie bis zur Tür und entließ dann auch mich, seinen geschundenen Schreiber und Protokollanten – freundlich und gnädig wie immer.

DIE SIEBTE NACHT,
IN DER GOETHES FARBENLEHRE
AUF DIE ANSICHTEN NEWTONS STIESS

»Lieber Bruder,
meine Damen und Herren,
gestern Abend, als ich euch von Goethes Roman ›Die Wahlverwandtschaften‹ erzählte, habt ihr erfahren, wie gut sich
der Dichter auch mit den Naturwissenschaften auskannte.
Eine Wechselbeziehung aus der Chemie für ein wechseln-
des Verhältnis in der Liebe, darauf kommt nur, wer eine
Leidenschaft für die Wissenschaft besitzt. Wer sonst hätte
die Idee, die Liebe so zu vergleichen?

Hakim, geliebter Bruder, du hast mich gebeten, heute
Abend mehr über Goethes Forschungen zu erzählen. Ich
habe den ganzen Tag versucht, aus Büchern und Blättern zusammenzutragen, womit sich der Dichter wissen-
schaftlich beschäftigt hat. Es war wie immer zu viel, um
hier alles zu präsentieren. Also musste ich eine Auswahl
treffen. Aber ihr werdet sehen, wie vielseitig Goethe interessiert war, nicht nur an Chemie, sondern ebenso an
Physik, Medizin, Biologie. Er war wie sein Faust ein Uni-
versalgelehrter, der niemals im Leben gesagt hätte, dass
ihn irgendetwas nichts anginge oder einfach nicht interes-
siere.«

»Ich glaube, man muss diesen deutschen Dichter mit
unseren großen Denkern Ibn Sina, Ibn Ruschd und Omar
Chaijam vergleichen. Auch sie besaßen ein universelles
Wissen, und durch vieles, was sie taten, schimmerte das Geniale«, warf eine Frau des Geheimen Rates ein.

»So ist es, verehrte Frau«, erwiderte Tuma, »und nun will

ich von Goethe berichten, damit ihr einen Einblick in sein umfassendes Denken bekommt.«

Tuma machte nur eine kurze Pause, um ein letztes Mal vor seiner Rede die Schale Tee zum Mund zu führen. Dann, als er sie abgesetzt hatte, griff er nach den Aufzeichnungen, die vor ihm lagen, und hob wieder an zu sprechen, worauf die Kommission bereits gespannt wartete.

»Goethe beschäftigte sich zum ersten Mal 1768 bis 1769 während einer langen Krankheit intensiv mit den Naturwissenschaften. Er führte chemische Experimente durch und studierte diverse naturphilosophische Schriften. Das war aber ein mehr oder weniger flüchtiges Schnuppern in dem unendlich weiten Feld der Naturforschung.

Als Goethe 1775 an den Hof des Herzogs Karl August in Weimar kam, hatte er nach eigenem Bekunden kaum eine Ahnung von den Naturstudien. Als ihm aber der Herzog mehrere Aufgaben übertrug, die wissenschaftliche Kenntnisse erforderten, kniete sich Goethe in die Materie hinein. Er studierte Mineralogie, Geologie, Biologie, Meteorologie und noch viele andere Gebiete. Sogar die Formen der Wolken und ihre Systematisierung haben ihn fasziniert.

Goethe verehrte die Natur und seine Forschung war, ob sporadisch in den ersten oder systematisch in den späteren Weimarer Jahren, immer vom Wunsch getragen, zu wissen, wie die Natur zu ihrer Gestalt kam. Er fühlte Ruhe bei seiner Zwiesprache mit der Natur und kam langsam zur Überzeugung, dass die Naturwissenschaft sein Hauptanliegen sei.

Er, dessen Dichtung die Welt bewegte, betrachtete nicht mehr sie, sondern die Naturwissenschaft als die edlere Tätigkeit. Poesie wurde für ihn das Schöne, die Naturwissenschaft aber das Erhabene. Bei seinen Forschungen hielt er sich für nüchtern und sachlich. Er ließ sich nicht von

Mystik, Philosophie oder Religion leiten, sondern einzig und allein von den Erscheinungen in der Natur, die er mit seinen Sinnen aufnehmen konnte. Er wollte unbedingt als Wissenschaftler anerkannt sein und forschte deshalb emsig, auch wenn er sich beklagte, er habe nicht die Beharrlichkeit eines Forschers.

Er schrieb eine schöne Abhandlung über Granit und entdeckte 1784 einen bis dahin unbekannten Zwischenkieferknochen, einen kleinen Knochen am Oberkiefer des Menschen. Eine erstaunliche Entdeckung, wenn man bedenkt, dass das menschliche Knochengerüst schon seit der Antike erforscht wurde und es eigentlich kaum Unentdecktes mehr daran geben konnte. Noch erstaunlicher ist aber der gedankliche Weg, auf dem Goethe den Knochen entdeckte: sein fester Glaube an die Evolution, das heißt die Annahme, dass sich das Universum und das Leben auf der Erde allmählich entwickelt haben. Dieser Weg, der hundert Jahre später geradewegs zu Darwin führte, hat die ganze naturwissenschaftliche Forschung Goethes bestimmt. So nahm Goethe zum Beispiel an, dass alle Pflanzen von einer Urpflanze abstammten. Doch die Anerkennung seiner wissenschaftlichen Leistungen blieb aus. Das verbitterte ihn.

Eine lange und durch ein eigenes Buch berühmt gewordene Reise nach Italien schärfte nun weiter seinen Blick für die Formen der Natur. Fasziniert schrieb er am 18. August 1787 an einen Freund: *Was ich bei uns nur vermutete und mit dem Mikroskop suchte, sehe ich hier mit bloßen Augen.* In Italien fand Goethe eine Pflanzenwelt vor, die seine These von der Urpflanze untermauerte.

Beladen mit Steinen und Pflanzen kehrte er nach Hause zurück. In Weimar angekommen, stieß er mit seinen gewonnenen Überzeugungen aber immer noch auf Ablehnung. Außer von ein paar wenigen Freunden wurde der Naturforscher Goethe ausgelacht.

Die negativen Reaktionen forderten aber Goethe, der

sich zunehmend isolierte, als Forscher weiter heraus. Er stürzte sich förmlich in die Naturwissenschaft und gab die Poesie zeitweilig ganz auf. Am Hofe des Herzogs von Weimar war man darüber nicht gerade begeistert, denn Goethe zog sich von vielen Ämtern zurück, um seine Zeit der Forschung zu widmen. Er war wild entschlossen: *Mein Gemüt treibt mich mehr als jemals zur Naturwissenschaft*, schrieb er an einen Freund. Die politischen Unruhen in Europa taten ein Übriges, ihn zu Beginn der Neunzigerjahre weiter in den Bann seiner Forschung zu treiben. Unsicher darüber, wie er sich zu den Ereignissen in der Welt stellen sollte, empfand er die Naturwissenschaft als eine Art Holzplanke, an die er sich wie ein Schiffbrüchiger in der aufgewühlten See klammern konnte.

Im hellen Italien hatte er erstmals über die Entstehung von Licht und Farben nachgedacht. Er ließ sich nun eine Dunkelkammer einrichten und untersuchte, was es mit dem Licht auf sich hat. Dabei hoffte er, wie aus seinen Briefen jener Zeit hervorgeht, auf eine revolutionäre Entdeckung. Doch seine ersten Veröffentlichungen über Optik stießen in der Fachwelt auf Desinteresse. Mitte der Neunzigerjahre lernte er einen anderen großen Dichter jener Zeit, Friedrich Schiller, kennen. Durch ihn angeregt und bestätigt, nahm Goethe seine literarische Arbeit von neuem auf. Dafür verlangsamten sich nun aber seine naturwissenschaftlichen Untersuchungen. Er studierte nur noch sporadisch den Einfluss von Licht auf das Wachstum der Pflanzen, sezierte gelegentlich Fische und Frösche und untersuchte Insekten. Seine Beschäftigungen mit der Natur sind die eines Liebhabers, der seine Geliebte verstehen will, und darin war er groß. Ein paar Jahrhunderte früher wäre seine Art, Wissenschaft zu treiben, noch verehrt worden. Aber jetzt, im Zeitalter der Aufklärung, stand es schlecht für ihn. Seine Methode wurde als schwärmerisch und unwissenschaftlich verpönt.«

»Meinst du wirklich, Goethe wäre zu irgendeiner Zeit für seine Arbeit verehrt worden? Vielleicht hätte man ihn ja auch wegen seiner antichristlichen Forschungen zur Evolutionslehre verbrannt!«, unterbrach ihn ein alter Gelehrter.

»Sicher, sicher«, bestätigte Tuma. »Wer zu früh kommt, stirbt als Märtyrer, aber nur einmal, doch wer zu spät kommt, den verbrennt die Verachtung jeden Tag tausendmal. Der Erfindungsgeist der Aufklärung war nun darauf gerichtet, alles für das Leben der Menschen zu nutzen, was die Natur hergab: Sie galt damals – welch ein Irrtum!!! – als unerschöpfliche Quelle. Goethe erschreckte die Vision einer immer weiter mechanisierten Welt und er fürchtete ihre eiserne Walze, die alles zertrümmern würde. Er wünschte sich, dass die Wissenschaft den herrschenden Geist technischer Machbarkeit überwände und zu der Unschuld vergangener Zeiten zurückkehrte. Im zweiten Teil des ›Faust‹, den ich vor zwei Nächten nur kurz angerissen habe, warnt Goethe an mehreren Stellen vor den Folgen der Technik und davor, wie die Natur durch die Hand des Menschen zerstört wird. Und einmal beschrieb er darin sogar Versuche, Kinder im Reagenzglas herzustellen, und zeigte vehement seine Abscheu.«

»Das ist doch ein Witz, wie kommt er auf solche absurden Ideen, dass man Kinder im Labor züchten könne?«, warf eine Frau empört ein.

»Absurd würde ich nicht sagen«, erwiderte der Sultan. »Wenn man heute hört, was technisch möglich geworden ist, so würde es mich nicht wundern, dass die Gottlosen in hundert Jahren auch versuchen werden, aus den Elementen künstliches Leben herzustellen. Aber was dabei dann herauskommt, ist mit Sicherheit nicht göttlich.«

»Genau, Goethe sagte nichts anderes. Am Ende wurde der moderne Erfinder von ihm verhöhnt. Damit nimmt er eine ganz andere Position ein als zum Beispiel Isaac Newton. Und auch wenn Newton in diesem wissenschaftlichen

Kampf gesiegt hat, weil er rechnerisch oft Recht hatte, so hat seine Lehre doch viele der unheilvollen Veränderungen zu verantworten, die unsere Erde erfahren musste. Die Welt wurde zu einer Maschine und Gott war für Newton bestenfalls ein Uhrmacher, dem man mit genügend Geschick auf die Schliche kommen kann. In dem Augenblick aber, in dem man die Welt zerteilte, ihr die Seele nahm, konnte keiner mehr die Naturwissenschaftler davon abhalten zu tun, was sie oder ihre Auftraggeber wünschten. Für Goethe war die Welt eine Einheit, und er glaubte fest daran, dass in der Natur nichts geschieht, was nicht im Zusammenhang mit dem Ganzen steht. Ein solches Denken ist vielleicht schwerfälliger und auch nicht so gewinnbringend wie der newtonsche Weg, aber er steht in Harmonie mit der Natur.«

»Nein, so kannst du das nicht sagen. Du verteufelst ja Newton.«

»Ich bin auch der Meinung, dass Prinz Tuma seinen Goethe jetzt allzu sehr hochhält und dafür alle anderen Denker verdammt.«

»Nein«, erwiderte der Sultan, »so habe ich es nicht verstanden.«

»Doch, doch. Goethe ist für Tuma der Bewahrer und Newton ist der Zerstörer. Das können wir aber nicht gelten lassen.«

Hier hätte kein Protokollant der Welt dem Streit mehr folgen können. Alle redeten aufgeregt durcheinander und fielen sich gegenseitig ins Wort. Am Ende standen der Sultan und Tuma isoliert gegen alle anderen.

»Langsam glaube ich, wir sollen Goethe als christlichen Heiligen serviert bekommen, und ich habe wirklich wenig Sympathie für Heilige«, erwiderte ein junger Gelehrter aufgebracht.

Tuma ergriff besorgt das Wort: »Meine Damen und Herren«, sagte er mit zögernder Stimme, »euer Streit ehrt die Sache Goethes, denn er suchte sein Leben lang die Auseinandersetzung um die Wahrheit. Und ich bin der Letzte, der Isaac Newton schlecht macht. Hier aber prallten nun einmal zwei Welten aufeinander, und Goethe war am Ende der Verlierer in diesem Wettstreit. Es ist immer der Sieger, der Geschichte schreibt. So war es auch mit Newton in der Naturwissenschaft. Nehmen wir den Streit um die Farbenlehre, dann werdet ihr verstehen, was ich meine.«

»Und wir verteidigen Newton selbstverständlich nicht blind«, erwiderte ein Gelehrter, »entschuldige bitte, aber ich habe dreißig Jahre meines Lebens als Mathematiker und Physiker gearbeitet. Newton war als Mensch ein verfluchter Hund, aber mit seinen Entdeckungen über die Erde machte er einen Sprung nach vorn. Und er zwang durch seine Erkenntnisse die Menschheit dazu, diesen Sprung mitzumachen. Heute wird auf der ganzen Welt nach Newtons Gesetzen gemessen.«

»Moment mal, ich bin keine Physikerin und Mathematik habe ich nie verstanden. Sie interessiert mich nicht. Aber was war das eben mit dem Streit um die Farbenlehre?«, meldete sich eine Frau, eine Expertin für die Zeit der Kreuzzüge, zu Wort.

»Ja, meine Dame«, nahm Tuma den Faden wieder auf, »Isaac Newton hat als Erster auf der Erde 1669, also achtzig Jahre vor der Geburt Goethes, das weiße Sonnenlicht mit einem Prisma, einem dreikantigen Glas, in seine Bestandteile zerlegt. Wenn das Licht hindurchfällt, entsteht ein farbiges Spektrum, ein Lichtfächer: Das Auge nimmt Rot, Orange, Gelb, Grün, Blau, Indigo und Violett wahr. Goethe hielt die Zerlegung des Lichtes für eine Spielerei Newtons und seiner Anhänger. Er empfand sich selbst als Korrektor eines weltweit akzeptierten Irrtums. Jahrzehntelang arbeitete er daran, diesen Irrtum aus der Welt zu schaffen.

Goethe, der Augenmensch, beschäftigte sich, wie ich schon erwähnte, sehr früh mit dem Licht, mit der Dämmerung und der Finsternis. Er hörte Vorlesungen über Physik. Ihn faszinierte die Farbe und die italienische Malerei, vor allem die vom Licht bestimmte Leonardo da Vincis. Seine Reise durch das sonnenüberflutete Italien verstärkte die Faszination. Anders als sein Freund Schiller, der Puritaner, der nur Schwarzweißzeichnungen liebte und Farbe als Reizung, ja fast als Täuschung empfand, liebte Goethe Farben und litt unter dem dunklen Deutschland.

In Italien lernte er einiges über die Harmonie der Farben und nach seiner Rückkehr vertiefte er sich immer mehr in optische Experimente. Um es einfach zu sagen: Er vertrat die Meinung, dass das weiße Licht nicht die Summe aller Farben darstellt, wie es Newton bewies, sondern erst durch Trübung die Farben ergibt. Bis zur Begegnung mit Schiller hatte Goethe nur optische Versuche gemacht, nun aber gewann das Gespräch mit dem Freund an Tiefe, und von da an sprach er nicht mehr von Optik, sondern von einer Farbenlehre, die auch gesellschaftlich-sittliche Aufgaben zu erfüllen habe. Ab 1810 führt Goethe seine Polemik gegen Newton öffentlich und scharte Anhänger seiner Lehre um sich, die das Gleiche taten. Goethe war selbst nicht unschuldig an der Verteufelung Newtons, weil er fest daran glaubte, Newton sei einer ›Irrlehre‹ verfallen. Er selbst distanzierte sich zum Glück später von dieser bedenklichen Polemik gegen Newton.

In zwei Bänden erschien sein wichtigstes wissenschaftliches Werk. Es wurde verrissen und als romantisch, unwissenschaftlich und poetisch verschrien. Goethes Freunde, Verwandte und Bedienstete dagegen behandelten es wie ein heiliges Buch. Manche seiner Anhänger verstiegen sich gar dazu, die Farbenlehre als eine Art Religion zu betrachten. Und Goethe selbst kämpfte bis zum letzten Tag für seine Farbenlehre. Sie findet bis heute überall auf der Welt Anhänger, vor allem, wenn von der Wirkung der Farben auf den Menschen gesprochen wird, Farben bestimmte Harmonien hervorrufen sollen oder ihnen eine heilende Wirkung zugeschrieben wird.«

Prinz Tuma stockte und warf dann mindestens zehn Seiten seiner Aufzeichnungen ungelesen in die Mappe zurück. Das konnte ich von meinem Protokollantenplatz aus sehen. An keinem der letzten Abende waren der Sultan und die Mitglieder der Kommission so müde und erschöpft wie heute gewesen. Tuma schaute auf, ließ seinen Blick schweifen und rief in die etwas schlaffe Gesellschaft: »Ich weiß, die Wissenschaft ermüdet, deshalb verzichte ich auf die genaue Gliederung des großen Werks und schließe meinen Bericht an dieser Stelle ab.«

Nach diesen Worten schwieg er, atmete tief durch, und es schien, dass ihn der Abend mehr mitgenommen hatte als alle Nächte zuvor. Mehrere Male griff er nach der Schale mit dem duftenden Tee, um sich ein wenig zu regenerieren. Auch die Mitglieder der Kommission schienen Durst zu haben. Überall hörte man das Porzellan leise klirren.

Schließlich erhob Sultan Hakim das Wort und bedankte sich bei Tuma, dass er auf seinen Wunsch hin auch noch über den Forscher Goethe gesprochen habe. Nun aber, meinte er, müsse die Kommission zu einer abschließenden Bewertung des Dichters kommen, denn eine ganze Woche, sieben Nächte seien vorbei. Und mehr Zeit könne er nun nicht mehr zugestehen.

»Ich weiß, geliebter Bruder«, sagte er zu Tuma, »du würdest uns bestimmt noch weiter unterhalten können. Es scheint mir, dein Goethe ist unerschöpflich. Aber wir müssen bedenken, dass wir auch noch über andere Dichter urteilen wollen. Und sieben Tage sind ein heiliges Maß, an das wir uns halten wollen. Lasst uns also heute Nacht zu unserem Urteil kommen, und du, Bruder, magst dich nun ausruhen. Du hast wahrlich das Beste gegeben. Wir danken dir alle von Herzen und werden mit deinem Goethe gewiss nicht allzu sehr hadern.«

Die Kommissionsmitglieder nickten beifällig und wollten schon gerade aufstehen, um sich zur Beratung in den Salon zurückzuziehen, da rief Tuma:

»Nein«, sagte er. »Es ist unmöglich, jetzt abzubrechen. Ich brauche noch eine Nacht. Die Perle unter Goethes Werken habe ich für den letzten Tag aufgehoben. Ich bin glücklich und dankbar, dass ich das Werk Goethes bis heute vorstellen konnte, doch morgen seid ihr an der Reihe, dankbar zu sein. Goethe ist nämlich einer der wenigen europäischen Dichter, die den Orient ehrten. Ich muss euch einfach den wunderbaren Gedichtband noch vorstellen, mit dem er dieser Liebe huldigte.«

»So wie du uns drängst«, antwortete der Sultan, »bist du aber kein Zauberlehrling deines Dichters Goethe, eher schon ein Schüler der Scheherazade.«

»Lieber Hakim, es muss sein. Versteh mich. Du wirst es nicht bereuen, die eine Nacht noch dazugegeben zu haben.«

»Wie heißt denn das Werk?«, wollte der beleibte Gelehrte wissen.

»›West-östlicher Divan‹«, erwiderte Tuma und lächelte.

»Das meinst du nicht ernst. Du willst uns wirklich nur verführen«, lachte eine Frau, eine Expertin für die arabische Literatur in vorislamischer Zeit.

»Nein«, antwortete Tuma und zog plötzlich ein Buch aus der Ledertasche, in der er immer seine Unterlagen trug. »Hier ist es. Ich wusste, dass ihr mir nicht glauben würdet.«

Man griff nach dem Buch und Tuma übersetzte erneut seinen Titel: »West-östlicher Divan«. Auf einmal war die Kommission wieder hellwach.

»Kannst du uns nicht zur Belohnung für unsere heutige Geduld schon wenigstens ein oder zwei Gedichte aus diesem Buch vorlesen?«

»Nein«, antwortete Tuma. »Morgen ist der Moment dafür.«

»Also gut«, sagte der Sultan, »die morgige Nacht sei dir noch zugestanden. Aber es ist wirklich die letzte. Das nur, damit du nicht auf den Gedanken verfällst, uns noch öfter überreden zu wollen.«

Tuma dankte ihm von Herzen.

Damit zog sich die Kommission zur Beratung der heutigen Nachtsitzung über die wissenschaftlichen Arbeiten Goethes zurück.

Als sie nach einer halben Stunde zurückkkam, verkündete Sultan Hakim: »Geliebter Bruder, dein Goethe ist wahrlich ein kühner Denker gewesen, und ich bin sicher, seine Gedanken zur Farbenlehre sind so durchdacht wie die literarischen Werke, die du uns vorgestellt hast. Sei bitte nicht traurig, aber die Kommission ist der Meinung, dass der Forscher Goethe wohl doch von der Wissenschaft überlebt wurde und wir uns lieber wieder auf den Dichter besinnen sollten. Darum bereite dich morgen auf die letzte Erzählnacht vor. Wir wollen dir dann gerne noch einmal lauschen.«

Ich sah, wie innerhalb von Sekunden das trübe Gesicht des Prinzen Tuma wieder hell wurde. Ein erleichtertes Lächeln huschte über seine Lippen, bevor er in Eile den Raum verließ.

DIE ACHTE NACHT, IN DER DER »WEST-ÖSTLICHE DIVAN DIE KOMMISSION UM DEN SCHLAF BRACHTE

L eider zwangen heute die diplomatischen Verpflichtungen unseren Sultan und seinen Freund Tuma zu dringenden Verhandlungen. Darum wurde die Sitzung der Kommission auf Mitternacht verschoben. Die Mitglieder wurden informiert, so konnten sie sich vorher ausruhen und frisch zur nächtlichen Sitzung erscheinen.

(Seine Majestät und Tuma waren mit mir, dem Palastschreiber und Protokollanten Abdullah Alfirdausi, die Einzigen, die seit den frühen Morgenstunden ununterbrochen auf waren. Und nun, da es Mitternacht ist, wollen die beiden tatsächlich noch die letzte Sitzung über den Dichter Goethe abhalten. Ich frage mich, woher sie bloß diese Energie nehmen! Ich jedenfalls bin todmüde. Aber ich werde versuchen, dennoch mein Bestes zu geben, und alles, so gut es geht, mitschreiben.)

»Lieber Bruder,
liebe, verehrte und gelehrte Mitglieder der Kommission«, begann Tuma seine Rede, »ich habe euch für heute zum Abschluss Goethes ›West-östlichen Divan‹ versprochen, seinen vielleicht bekanntesten Gedichtzyklus. Doch ich will wegen der fortgeschrittenen Stunde nicht lange erklären, wie er entstanden ist, sondern erst einmal mitten hineinsteigen und euch ein paar der schönsten Verse daraus vortragen. Ich hoffe, euch damit so zu fesseln, wie ich selbst immer wieder von diesem Buch gebannt werde.

Lasst mich euch nur vorher für all die Nächte danken, in denen ihr mir zugehört habt. Eure Bereitschaft und eure Geduld, mir seit nun schon sieben Nächten zu folgen, hat mich dazu verpflichtet, Goethe, diesem Meister der deutschen Sprache und Kultur, näher zu kommen, als je einem anderen Dichter. Die Annäherung hat mich reich gemacht.

Schon aus meinen früheren Vorträgen habt ihr erfahren, wie sehr Goethe den Austausch mit anderen Kulturen geschätzt hat. In keinem seiner Werke aber hat er ihn so konsequent in die Tat umgesetzt wie im ›West-östlichen Divan‹, in dem er versuchte, das Denken und Fühlen des Orients und seiner Lyrik ganz aufzunehmen. Nun aber will ich euch endlich die versprochenen Kostproben geben. Und ich will mit einem Gedicht beginnen, das Goethe unter dem Titel ›Talismane‹ in seinen ›Divan‹ eintrug:

Talismane

Gottes ist der Orient!
Gottes ist der Occident!
Nord- und südliches Gelände
Ruht im Frieden seiner Hände.

Er der einzige Gerechte
Will für jedermann das Rechte.
Sey, von seinen hundert Namen,
Dieser hochgelobet! Amen.

Mich verwirren will das Irren;
Doch du weißt mich zu entwirren.
Wenn ich handle, wenn ich dichte,
Gieb du meinem Weg die Richte.

»Wunderbar!«, begeisterte sich der Sultan.

»Noch ein Gedicht bitte!«, forderte eine Frau aus der hinteren Ecke.

»Gern«, erwiderte Tuma und begann:

Vier Gnaden

Daß Araber an ihrem Theil
Die Weite froh durchziehen
Hat Allah zu gemeinem Heil
Der Gnaden vier verliehen.

Den Turban erst, der besser schmückt
Als alle Kaiserkronen,
Ein Zelt, das man vom Orte rückt
Um überall zu wohnen.

Ein Schwerdt, das tüchtiger beschützt
Als Fels und hohe Mauern,
Ein Liedchen, das gefällt und nützt,
Worauf die Mädchen lauern.

Und Blumen sing' ich ungestört
Von ihrem Schawl herunter,
Sie weiß recht wohl was Ihr gehört
Und bleibt mir hold und munter.

Und Blum' und Früchte weiß ich euch
Gar zierlich aufzutischen,
Wollt ihr Moralien zugleich,
So geb' ich von den frischen.

Und hier ein Gedicht …«, wollte Tuma fortfahren.

»Bist du sicher, dass Goethe niemals im Orient war? Vielleicht ist er ja heimlich irgendwann hergereist«, warf der Sultan ein.

»Nein«, erwiderte Tuma. »Er war wirklich nie hier, obwohl es nicht ganz abwegig gewesen wäre. Denn in jener Zeit, zu Beginn der Romantik, wurde der Orient gerade zum neuen Paradies, zum schwärmerischen Ziel für viele Künstler und Dichter in ganz Europa.«

Tuma hielt nach dieser Antwort kurz inne, aber als alle still wurden, nahm er den Faden wieder auf.

Lied und Gebilde

Mag der Grieche seinen Thon
Zu Gestalten drücken,
An der eignen Hände Sohn
Steigern sein Entzücken;

Aber uns ist wonnereich
In den Euphrat greifen,
Und im flüßgen Element
Hin und wieder schweifen.

Löscht ich so der Seele Brand
Lied es wird erschallen;
Schöpft des Dichters reine Hand
Wasser wird sich ballen.

»Wie schön, dass unsere arabische Begeisterung für die Dichtung mit so viel Enthusiasmus erwidert wird«, sagte der Sultan schmunzelnd, fragte dann aber: »Und alle Gedichte des ›Divans‹ handeln in dieser Weise vom Austausch zwischen Orient und Okzident?«

»Nein«, sagte Tuma, »es finden sich darin Gedichte der unterschiedlichsten Art, zum Beispiel Liebesgedichte, Gedichte über das Dichten, Sprüche und Weisheiten. Doch alle stehen sie unter dem Einfluss der orientalischen Poesie. Um euch die Verschiedenartigkeit ein bisschen zu vorzuführen, hier nochmals zwei Gedichte:

Geständniß

Was ist schwer zu verbergen? Das Feuer!
Denn bey Tage verräth's der Rauch,
Bey Nacht die Flamme, das Ungeheuer.
Ferner ist schwer zu verbergen auch
Die Liebe, noch so stille gehegt,
Sie doch gar leicht aus den Augen schlägt.
Am schwersten zu bergen ist ein Gedicht,
Man stellt es untern Scheffel nicht.
Hat es der Dichter frisch gesungen,
So ist er ganz davon durchdrungen,
Hat er es zierlich nett geschrieben,
Will er die ganze Welt soll's lieben.
Er liest es jedem froh und laut,
Ob es uns quält, ob es erbaut.

Fünf Dinge

Fünf Dinge bringen fünfe nicht hervor,
Du, dieser Lehre öffne du dein Ohr:
Der stolzen Brust wird Freundschaft nicht entsprossen.
Unhöflich sind der Niedrigkeit Genossen;
Ein Bösewicht gelangt zu keiner Größe;
Der Neidische erbarmt sich nicht der Blöße;
Der Lügner hofft vergeblich Treu' und Glauben;
Das halte fest und niemand laß dir's rauben.

»Das sind doch uralte orientalische Weisheiten«, sagte eine Frau verblüfft in die Runde. »Gedanken, die man in unseren Büchern der weisen Sprüche findet.«

»Ja, das stimmt«, antwortete Tuma lächelnd. »Goethe hat sich auch lange mit den orientalischen Dichtern und ihren Gedanken auseinander gesetzt. Aber er hat trotzdem nicht einfach nur die arabischen Quellen benutzt, sondern stets sein eigenes Urteil mit hineingeflochten. Das wird in den vielen Spruchweisheiten des ›Divans‹ besonders deutlich. Hört nur die folgenden Verse, die zum einen nach biblischem Vorbild, zum andern nach den orientalischen Büchern der Sprüche gebildet sind:

> *Was klagst du über Feinde?*
> *Sollten solche je werden Freunde,*
> *Denen das Wesen wie du bist*
> *Im Stillen ein ewiger Vorwurf ist.*
>
> *
>
> *Gesteht's! die Dichter des Orients*
> *Sind größer als wir des Occidents.*
> *Worin wir sie aber völlig erreichen,*
> *Das ist im Haß auf unsres Gleichen.*

Alle lachten.

»Na«, rief ein Gelehrter, »ob Goethe da nicht zu gnädig mit uns ist? Mit Verlaub, aber er hat wohl doch nie orientalische Dichter aus der Nähe erlebt. Ich könnte ein Buch über Eifersucht und Niedertracht, Haß und Neid unserer Dichter schreiben.«

»Aber bitte mit einer Widmung«, rief der junge Sultan, »und die soll lauten: dem Dichter Goethe für seine Nachsicht mit dem Temperament unserer Dichter!«

Ich konnte meiner Protokollantenpflicht nun nicht mehr gerecht werden. Es war unmöglich, noch ein Wort zu schreiben. Auch Tuma musste erst eine Weile warten, bis die gif-

134

tigen Kommentare über die arabischen Dichter abebbten.
Dann aber trug er mit schöner Stimme noch weitere Verse
des deutschen Dichters vor:

> *Sich im Respect zu erhalten*
> *Muß man recht borstig seyn.*
> *Alles jagt man mit Falken,*
> *Nur nicht das wilde Schwein.*
>
> *
>
> *Närrisch, daß jeder in seinem Falle*
> *Seine besondere Meynung preist!*
> *Wenn Islam Gott ergeben heißt,*
> *Im Islam leben und sterben wir alle.*

Und hier ist ein Gedicht aus dem Nachlass Goethes, das
auch zum ›Divan‹ gehört und das mich, den Wanderer zwischen Orient und Okzident, ganz besonders bewegt hat:

> *Wer sich selbst und andre kennt*
> *Wird auch hier erkennen:*
> *Orient und Okzident*
> *Sind nicht mehr zu trennen.*
> *Sinnig zwischen beiden Welten*
> *Sich zu wiegen laß ich gelten;*
> *Also zwischen Ost- und Westen*
> *Sich bewegen, sei's zum Besten!*

»Es ist aber nicht nur das Schicksal der Wanderer«, warf ein
junger Gelehrter ein, »es ist ein Gefühl, das auch mich hin
und wieder übermannt, wenn ich fremde Gedichte und Geschichten lese. Nichts ist in unserer Welt mehr zu trennen.
Nord und Süd, Ost und West.«

»Das stimmt, Goethe spricht hier auch von mir, der ich
das Glück hatte, eine großartige Erzieherin aus Deutschland zu haben. Ihre Geschichten sind mir so nah, als wären

sie nicht von den Brüdern Grimm, von Wilhelm Hauff oder von Äsop, sondern von meiner eigenen Großmutter. Ich müsste mein Herz zerreißen, wenn ich trennen wollte, was sich in mir aus Ost und West, Orient und Okzident vereinigt hat«, sagte der Sultan bewegt.

»Ja, geliebter Bruder«, meinte Tuma darauf, »das genau ist es, worum es im ›West-östlichen Divan‹ geht. Und jetzt würde ich gerne, wenn ihr noch mögt, nach diesem ersten Spaziergang, den ich mit euch durch die Sammlung unternommen habe, ein wenig genauer von diesem besonderen Goethe-Buch erzählen. Schon das erste Gedicht des ›West-östlichen Divans‹ beeinhaltet seine ganze Idee.

»Fang nur an«, rief der Sultan. »Wir sind gespannt.« Und die Frauen und Männer nickten.

»Also gut. Der ›Divan‹ besteht aus mehreren Kapiteln, die Goethe Bücher nennt. Das erste heißt das ›Buch des Sängers‹ und das Eingangsgedicht darin ›Hegire‹. Der Titel kündigt den Inhalt an, denn es behandelt eine Auswanderung in den Orient. Hegire ist wahrscheinlich die französisch verformte Aussprache unseres Wortes ›Hidschra‹, das die Auswanderung Mohammads, unseres Propheten, von Mekka nach Medina im Jahr 622 bezeichnet. Ich habe vorhin gesagt, in diesem ersten Gedicht stecke schon die ganze Idee. Ich muss mich korrigieren, denn bereits der Gedichttitel – ein einziges Wort – offenbart Goethes ganzes Programm. Es ist damit nicht irgendeine Auswanderung oder Flucht gemeint, sondern Goethes eigene geistige Abkehr. Die Enge Europas, die Wirren der blutigen napoleonischen Kriege wollte er hinter sich lassen und sich dem erschreckenden neuen Geist, der auch in Deutschland wütete, entziehen. Dabei fühlte er sich dem Propheten Mohammad und dessen Auswanderung aus Mekka ganz verwandt. Auch Goethe hoffte, zu neuer geistiger Kraft zu gelangen, aber jetzt lasse ich ihn lieber selber sprechen:

Hegire

Nord und West und Süd zersplittern,
Throne bersten, Reiche zittern
Flüchte du, im reinen Osten
Patriarchenluft zu kosten,
Unter Lieben, Trinken, Singen,
Soll dich Chisers Quell verjüngen.

Dort, im Reinen und im Rechten,
Will ich menschlichen Geschlechten
In des Ursprungs Tiefe dringen,
Wo sie noch von Gott empfingen
Himmelslehr' in Erdesprachen,
Und sich nicht den Kopf zerbrachen.

Wo sie Väter hoch verehrten,
Jeden fremden Dienst verwehrten;
Will mich freun der Jugendschranke:
Glaube weit, eng der Gedanke,
Wie das Wort so wichtig dort war,
Weil es ein gesprochen Wort war.

Will mich unter Hirten mischen,
An Oasen mich erfrischen,
Wenn mit Caravanen wandle,
Schawl, Caffee und Moschus handle.
Jeden Pfad will ich betreten
Von der Wüste zu den Städten.

Bösen Felsweg auf und nieder
Trösten Hafis deine Lieder,
Wenn der Führer mit Entzücken,
Von des Maulthiers hohem Rücken,
Singt, die Sterne zu erwecken,
Und die Räuber zu erschrecken.

Will in Bädern und in Schenken
Heil'ger Hafis dein gedenken,
Wenn den Schleyer Liebchen lüftet,
Schüttlend Ambralocken düftet.
Ja des Dichters Liebeflüstern
Mache selbst die Huris lüstern.

Wolltet ihr ihm dies beneiden,
Oder etwa gar verleiden;
Wisset nur, daß Dichterworte
Um des Paradieses Pforte
Immer leise klopfend schweben,
Sich erbittend ew'ges Leben.

»Wenn nur alle Europäer so respektvoll vom Orient dächten«, warf ein alter Gelehrter ein und seufzte.

»Welchen Hafis besingt Goethe hier eigentlich?«, fragte eine Frau.

»Und was ist das für eine Flucht, die Goethe mit seinem Buch unternimmt? Ist er nun wirklich geflohen? Aber du hast doch gesagt, er war nie im Orient? Wie kann das sein?«, wollte der beleibte Gelehrte wissen.

»Und erklär mir bitte, o Bruder, wenn es dir möglich ist: Wieso kannst du aus Goethes Gedichten heraus so genau über seine Idee, seine Ziele, seine Gedanken sprechen?«, fragte der Sultan.

Tuma hob bittend die Hand: »Eins nach dem anderen. Ich freue mich, dass euch der ›Divan‹ so anspricht. Ich will euch noch ein wenig weitererzählen. Vielleicht sind damit dann auch schon einige der Fragen geklärt, die euch auf der Zunge brennen. Ich fange mit der Frage meines Bruders und Freundes Hakim an:

Es ist leicht, über den ›West-östlichen Divan‹ zu sprechen und über die Gedanken, die zu den Versen führten, weil Goethe dem Buch einen umfangreichen Anhang zu *Besse-*

rem Verständniß hinzugefügt hat. Er war eine wunderbare Quelle für mich. Goethe erklärt darin für die Leser den Hintergrund, denn damals wussten die Menschen in Europa natürlich nur wenig über den Orient. Und er hat für jedes der zwölf Kapitel Erklärungen zu den Versen gegeben und darüber, warum er sie schrieb. Ich will euch davon nicht viel erzählen, weil zu viele Erklärungen nur die Poesie töten. Doch Goethes Erläuterungen helfen mir, die Fragen zu beantworten, die sein ›Divan‹ bei euch hervorruft. Nur eine seltsame Geschichte daraus will ich erzählen:

Das kleinste Kapitel im ›Divan‹ ist das ›Buch des Timur‹. Gemeint ist der hier im Orient verhasste Timur-Leng, jener Mongolenfürst, der mit seinen Kriegern nach Dschingis Khan noch einmal den Orient heimsuchte und wie jener Tod und Zerstörung brachte. Goethe verachtete ihn und seinen Despotismus. Das ›Buch Timur‹ besteht nur aus zwei Gedichten, von denen das eine an Suleika, die Geliebte des Dichters, gerichtet ist. Im anderen aber beschreibt Goethe Timur so, wie er war: als einen gnadenlosen Eroberer. In seinen Äußerungen aber gibt ihm Goethe einen Anstrich von Humanität und sogar von Humor gegenüber Beleidigungen eines Untergebenen. Wollt ihr die Geschichte hören?«

»Unbedingt, bitte«, rief der Sultan.

»Goethe erzählt Folgendes«, fing Tuma erneut an. »*Timur war ein häßlicher Mann; er hatte ein blindes Auge und einen lahmen Fuß. Indem nun eines Tags Chodscha um ihn war, kratzte sich Timur den Kopf, denn die Zeit des Barbierens war gekommen, und befahl, der Barbier solle gerufen werden. Nachdem der Kopf geschoren war, gab der Barbier wie gewöhnlich Timur den Spiegel in die Hand. Timur sah sich im Spiegel und fand sein Ansehen gar zu häßlich. Darüber fing er an zu weinen, auch der Chodscha hub an zu weinen, und so weinten sie ein paar Stunden. Hierauf trösteten einige Gesellschafter den Timur und unterhielten ihn mit sonderbaren Erzählungen, um ihn alles vergessen zu machen. Timur hörte auf zu weinen, der Chodscha aber hörte nicht auf, sondern fing erst recht an, stärker zu weinen. Endlich sprach Timur zum Chodscha: ›Höre! ich habe in den Spiegel geschaut und habe mich sehr häßlich gesehen; darüber betrübte ich mich, weil ich nicht allein Kaiser bin, sondern auch viel Vermögen und Sklavinnen habe, daneben aber so häßlich bin; darum habe ich geweint. Und warum weinst du noch ohne Aufhören?‹ Der Chodscha antwortete: ›Wenn du nur einmal in den Spiegel gesehen und bei Beschauung deines Gesichts es gar nicht hast aushalten können, dich anzusehen, sondern darüber geweint hast, was sollen wir denn tun, die wir Nacht und Tag dein Gesicht anzusehen haben? Wenn wir nicht weinen, wer soll denn weinen! deshalb habe ich geweint.‹ – Timur kam vor Lachen außer sich.«*

»Eine schöne, aber im Orient gar nicht ungewöhnliche Anekdote«, sagte ein alter Gelehrter, »ich könnte aus dem Stegreif mehrere erzählen, in denen despotische Kalifen in ihrer Rede plötzlich von armen Teufeln unterbrochen wurden, die ihnen widersprachen oder sie gar beschimpften, ohne dass sie danach deshalb zu leiden hatten. Sie waren weder Hofnarren noch Hofdichter oder Gelehrte, die die sprichwörtliche Narrenfreiheit genossen. Denkt doch nur einmal daran, wie eine Frau dem zweiten Kalif Omar bei einer Rede öffentlich laut widersprach. Er war bekannt für seine Strenge, aber plötzlich hielt der Herrscher inne und rief: ›Die Frau hat Recht und Omar hat sich geirrt!‹

Oder denkt bloß an die Scherze, die sich Abu Nuwas mit dem allmächtigen Kalifen Harun Raschid erlaubte. – Aber ich kenne auch eine ganz andere – grausame Geschichte: Der brutale Kalif Al Mansur trat einmal in einer Moschee auf und hielt eine Rede, in der er seine Taten und Leistungen angeberisch aufzählte und unter anderem sagte: ›Seitdem ich herrsche, hat euch nie wieder die Pest heimgesucht.‹ Da rief ein Mann mutig aus der Menge: ›Gott ist zu gnädig, als dass er uns dich und die Pest gleichzeitig zumutet.‹ Das aber hat der Mutige nicht lange überlebt.«

»Stimmt«, erwiderte Tuma, »auch ich erinnere mich an mehrere solcher Geschichten, die blutig endeten, doch Goethe wollte wohl einfach nur ein zweites Gesicht des grausamen Herrschers Timur zeigen. Es war ihm ja stets ein Anliegen, Personen nicht einseitig, sondern gerade auch in ihren Widersprüchen darzustellen.«

Tuma machte eine kurze Pause, trank ein wenig aus der Schale, die vor ihm stand, und ließ sich dann frischen, dampfenden Tee nachfüllen. Auch die anderen nutzten die kleine Unterbrechung, um sich zu dieser späten Stunde ein wenig zu erfrischen.

»Erlaubt mir«, sprach er schließlich weiter, »nun zum ›Divan‹ selbst zurückzukehren und weiter auf eure Fragen zu antworten. Wovor ist Goethe geflüchtet? In Europa tobten, wie ich schon sagte, zu dieser Zeit die napoleonischen Kriege. Goethe spürte nicht nur die Enge der Stadt Weimar, sondern die des ganzen geistigen Europas, und strebte nach einer Öffnung, um seinem Denken frischen Wind zu geben. Deshalb ist ›Hegire‹ oder besser ›Hidschra‹ ein klug gewählter und präziser Titel für das erste Gedicht.

Goethe fand bei seiner Hinwendung zum Orient für sich einen geistigen Verwandten: den persischen Dichter Mohammad Schamseddin Hafis aus Schiras, der Gelehrter für Theologie und Sprache und ein Gegner jeglicher Orthodoxie war. Ihr wisst, er schrieb viele wunderschöne, zarte Lieder. Hafis hat, genau wie Goethe, in einer Zeit des Krieges und der Zerstörung – eben die der Mongolen unter Führung des erwähnten Timur-Leng – gelebt. Hafis ist neben Dschalaleddin Rumi und Saadi einer der größten Dichter Persiens. Ihm widmete Goethe ein ganzes Kapitel im ›Divan‹, das mit den Versen anfängt:

Was alle wollen weißt du schon
Und hast es wohl verstanden:
Denn Sehnsucht hält, von Staub zu Thron,
Uns all' in strengen Banden.

Es thut so weh, so wohl hernach,
Wer sträubte sich dagegen?
Und wenn den Hals der eine brach,
Der andre bleibt verwegen.

Verzeihe Meister, wie du weißt
Daß ich mich oft vermesse,
Wenn sie das Auge nach sich reißt
Die wandelnde Cypresse.

Tuma brach an dieser Stelle das Gedicht ab und wollte gerade fortfahren zu sprechen: »Das . . .«

»Weiter, nicht aufhören und nichts erklären!«, rief ein alter Gelehrter.

Tuma lächelte. »Nein, es tut mir Leid. Ich bin mit der Übersetzung dieses langen Gedichtes ›An Hafis‹ noch nicht fertig. Nur die ersten Strophen kann ich euch geben, die weiteren zehn warten noch auf Vollendung.«

»Mein lieber Freund, du hast dir heute, scheint mir, die Gemeinheit der Kaffeehauserzähler zum Vorbild genommen: Ständig machst du uns durstig, aber zeigst uns das kühle Nass nur aus der Ferne«, lachte der Sultan.

»Aber die drei Strophen, die ich zitiert habe, sind besonders wichtig«, fuhr Tuma fort, »weil sie nicht nur Hafis ehren, sondern auch Goethe. Er, der damals bekannteste und größte Dichter deutscher Zunge, verneigte sich vor einem in Europa so gut wie unbekannten persischen Dichter, einem Lyriker, der fünfhundert Jahre früher geboren war.

Goethe beschäftigte sich lange mit Hafis und der Dichtung des Orients. Die arabische Literatur faszinierte ihn und eröffnete ihm neue Wege für sein Schreiben. Aber erst eine Reise in die Gegend seiner Kindheit machte die Frucht reif, sodass sie geerntet werden konnte. Nun mischte er die vertrauten Landschaftsbilder, die er auf einer Reise in die Städte Frankfurt, Wiesbaden und dem romantischen Heidelberg wieder sah, mit den Orientbildern der Reisenden seiner Zeit. Goethe verschlang eine Unmenge solcher Reisebücher. Nun begann Goethe seine Niederschrift des ›West-östlichen Divans‹, an dem er zwei Jahre arbeitete. Er beschrieb diese Phase seines Lebens nachträglich als *glückliche Zeit*. Es würde zu lange dauern, wenn ich euch all die Eindrücke und Orte aufzählen würde, die Anlass und Ursache für seine ›Divan‹-Kapitel waren, aber ganz entscheidend für das Buch war die Liebe zu einer Frau. Und von ihr will ich euch unbedingt noch erzählen:

Goethe verweilte auf seiner Reise bei einem alten Freund seiner Familie in Frankfurt, dem Bankier Johann Jakob Willemer. Der Bankier hatte gerade zum dritten Mal geheiratet, und zwar eine junge Tänzerin und Sängerin, eine wunderschöne Erscheinung. Marianne feierte Goethe geradezu und sang vor den Gästen die Mignon-Lieder aus seinem ›Wilhelm Meister‹. Bald verband die beiden eine tiefe Zuneigung. Marianne verjüngte mit ihrer Liebe Goethe um Jahrzehnte, und er entfesselte die ungeahnte Poesie, die in dieser ungewöhnlichen Frau schlummerte. Als er ihr seine Liebe gestand und ihr Gedichte schrieb, geschah nämlich etwas Außergewöhnliches: Marianne erwiderte seine Liebesgedichte mit ähnlichen eigenen Versen, die bis heute zu den schönsten Gedichten zählen, die je in deutscher Sprache geschrieben wurden. Goethe hat sie in seinen ›Divan‹ mit aufgenommen. Er nannte sich in den Versen an sie Hatem, Marianne gab er den Namen Suleika, da er sicher war, dass sie für ihn, so wie die persische Suleika für ihren Geliebten Jusuf, unerreichbar bleiben würde. Dabei war Marianne durchaus dazu bereit, mit allen Konventionen zu brechen.

Aber nun hört erst einmal, wie Goethes und Mariannes
Verse in ein Wechselspiel zueinander treten:

HATEM
Nicht Gelegenheit macht Diebe,
Sie ist selbst der größte Dieb,
Denn sie stahl den Rest der Liebe
Die mir noch im Herzen blieb.

Dir hat sie ihn übergeben
Meines Lebens Vollgewinn,
Daß ich nun, verarmt, mein Leben
Nur von dir gewärtig bin.

Doch ich fühle schon Erbarmen
Im Carfunkel deines Blicks
Und erfreu' in deinen Armen
Mich erneuerten Geschicks.

SULEIKA
Hochbeglückt in deiner Liebe
Schelt ich nicht Gelegenheit,
Ward sie auch an dir zum Diebe
Wie mich solch ein Raub erfreut!

Und wozu denn auch berauben?
Gieb dich mir aus freyer Wahl,
Gar zu gerne möcht ich glauben –
Ja! Ich bin's die dich bestahl.

Was so willig du gegeben
Bringt dir herrlichen Gewinn,
Meine Ruh, mein reiches Leben
Geb' ich freudig, nimm es hin.

Scherze nicht! Nichts von Verarmen!
Macht uns nicht die Liebe reich?
Halt ich dich in meinen Armen,
Jedem Glück ist meines gleich.

Den Mitgliedern der Kommission war anzumerken, wie begeistert sie waren. Tuma allerdings ließ ihnen nicht viel Gelegenheit, sich zu äußern, sondern nahm den Faden gleich wieder auf:

»Und an anderer Stelle gibt sogar Suleika in diesem Zwiegespräch das Thema vor. Hört nur die nächsten Verse:

SULEIKA
Die Sonne kommt! Ein Prachterscheinen!
Der Sichelmond umklammert sie.
Wer konnte solch ein Paar vereinen?
Dies Räthsel wie erklärt sich's? Wie?

HATEM
Der Sultan konnt' es, er vermählte
Das allerhöchste Weltenpaar,
Um zu bezeichnen Auserwählte,
Die tapfersten der treuen Schaar.

Auch sey's ein Bild von unsrer Wonne!
Schon seh ich wieder mich und dich,
Du nennst mich, Liebchen, deine Sonne,
Komm, süßer Mond, umklammre mich!

Die Kommission lauschte schweigend den Worten nach. Tuma wartete eine Weile, ehe er weitersprach:

»Als sich aber der Dichter für immer entfernte, verstummte Marianne. Das ›Buch der Liebe‹ und Das ›Buch Suleika‹ aber, diese beiden wunderbaren Kapitel im ›Westöstlichen Divan‹, verdankt Goethe ihr.

Insgesamt hat der ›Divan‹ zwölf Kapitel. Ein Gedicht darin ist schöner als das andere. Wenn man zum Beispiel nach dem Kapitel ›Buch der Sprüche‹ gerade meint, dass der Dichter nun den Gipfel seiner Kunst erreicht habe und es nichts mehr zu steigern gebe, dann überrascht er uns spätestens mit dem Kapitel ›Buch des Paradieses‹ erneut, in dem er sich schließlich dem Göttlichen zuwendet. Es sind einmalig schöne Gedichte, deren Inhalte Goethe aus dem islamischen Glauben ableitete. Gleichzeitig mischte er aber auch Bilder und Zitate aus der christlichen Lehre hinein. Damit hielt Goethe den Charakter des Dialogs zwischen Ost und West bis zum letzten Kapitel des ›West-östlichen Divans‹ glaubwürdig durch«, schloss Tuma seine lange Rede.

»Und trägst du uns bitte auch Beispiele dieser göttlichen Gedichte vor?«, fragte ihn eine gelehrte Frau.

»Mit Vergnügen«, erwiderte Tuma.

»Aber lass uns, bevor wir zu diesem Genuss übergehen – denn ich schätze, du wirst uns lange vortragen müssen –«, scherzte der Sultan, »schnell die Fragen klären, die noch in der Luft schweben. Dabei wollen wir uns schon eine Runde starken Kaffee servieren lassen«, schloss der Sultan.

»Mir ist das auch recht«, riefen einige Mitglieder der Kommission, und sofort brach ein heilloses Durcheinander an Stimmen los.

(Ich, der Palastschreiber und Protokollant, war aber wie erschlagen und bat den Sultan an dieser Stelle um Verzeihung und die Erlaubnis, mich im Nebenraum etwas hinzulegen. Er lächelte gütig. »Ruh dich nur aus. Wenn du aufwachst, sind wir bestimmt noch immer dabei.«

Doch als ich zu mir kam, war es bereits kurz nach fünf Uhr morgens. Es war Freitag und keines der Mitglieder musste arbeiten. Als ich mich mit einer Entschuldigung in den Raum zurückbegab, grüßten sie mich alle freundlich.)

Der Sultan teilte mir mit, was ich unbedingt ins Protokoll

nehmen müsse: Die letzte Sitzung der Kommission, bei der es zur endgültigen Entscheidung über das Werk Goethes kommen solle, sei auf den nächsten Tag verschoben worden, nicht nur, weil es inzwischen zu spät geworden war, sondern auch, weil er unbedingt noch eine allerletzte Frage von Tuma beantwortet haben wollte. Erst dann würde die Kommission entscheiden. Als ich mich nach der Frage erkundigte, antwortete der Sultan: »Das Verhältnis Goethes zu Kindern. Das wiegt mehr als die Hälfte der Werke eines Denkers.«

Wir dürfen also auf morgen gespannt sein.

Die neunte Nacht,
in der es zur Entscheidung kam

»Lieber Bruder,
verehrte gelehrte Gesellschaft,
vorgestern hatte ich euch um den Gefallen gebeten, mir
noch eine achte Nacht zu gewähren, um den Dichter
Goethe vollständig vorstellen zu können. Ihr habt sie mir
gewährt, und gestern hast du, Bruder, mich zum Abschluss
gebeten, heute noch einmal weiterzusprechen und dir eine
Frage zu beantworten, ehe ihr euch zur Beratung zurückzieht. Es steht ja nun die Entscheidung an, ob Johann Wolfgang von Goethe auf unserer Insel Hulm von der Jugend
gelesen werden und zu diesem Zweck in unsere Sprache
übersetzt werden soll.

Zu Recht hast du, mein Bruder, in diesem Zusammenhang nachgefragt, wie es Goethe selber mit den Kindern
hielt. Ich weiß wohl, nicht alle Dichter, die über Kinder schrieben, waren gute Väter oder Freunde der Kinder.
Man denke an Jean-Jacques Rousseau, den revolutionären
Dichter des ›Émile‹, eines grandios modernen Erziehungs-
romans.

Ich will es der Kommission nicht verheimlichen, ich
habe Jean-Jacques Rousseau aus der Hand gelegt und will
ihn nie wieder lesen, seitdem ich erfuhr, dass er seine fünf
Kinder eins nach dem andern im Findelhaus abgegeben
hat. Von einem solchen Denker lasse ich mir nicht mehr
viel sagen. Und es interessiert mich herzlich wenig, ob er
dicke Wälzer über Menschlichkeit und Kindererziehung
geschrieben hat oder nicht.

Goethe schrieb auch viel über Kinder, aber wie war sein Verhältnis zu ihnen? Die Zeugen seines Lebens bestätigen alle, dass Goethe Kinder leidenschaftlich liebte. Er nahm sie und ihr Wesen immer respektvoll wahr.«

Einen Moment machte Tuma eine Pause und trank einen Schluck Tee aus der vor ihm stehenden Schale. Doch diesmal wusste er, dass er nur wenig Zeit hatte, um des Sultans Frage endgültig zu beantworten. Also hob er sofort wieder an:

»Goethe hatte mit seiner Frau Christiane fünf Kinder, von denen jedoch nur eines – sein Sohn August – die Jahre der Kindheit überlebte. Goethe trauerte sein Leben lang um die vier Verstorbenen, und seinen August liebte er über alles. Als auch der einmal erkrankte, blieb Goethe acht Tage lang an seinem Bett sitzen und vernachlässigte alles andere. Und als der Sohn endlich wieder genesen war, veranstaltete der Vater ein Freudenfest für ihn. Jedoch verlor Goethe später auch ihn. Da war August zwar schon erwachsen und hatte selber Kinder, aber für Goethe war es doch eine der schrecklichsten Erfahrungen seines Lebens.

Goethe, der geniale Planer seiner Zeit, mit der er geizte wie mit nichts anderem sonst, weil er tausendundeine Aufgabe zu erfüllen hatte, ließ sich jederzeit von seinen Enkeln aufhalten und ablenken, was oft zur Verwirrung seiner Mitarbeiter führte. Er spielte nicht nur leidenschaftlich mit ihnen, sondern auch mit anderen Kindern und nahm an den Spielen ihrer Phantasie rege teil. Sein treuer Mitarbeiter Eckermann vermerkte einmal:

Abends einige Augenblicke bei Goethe. Er schien sehr ruhig und heiter und in der mildesten Stimmung. Ich fand ihn umgeben von seinem Enkel Wolf und Gräfin Caroline Egloffstein, seiner intimen Freundin. Wolf machte seinem lieben Großvater viel zu schaffen. Er kletterte auf ihm herum und saß bald auf der einen Schulter und bald auf der andern. Goethe erduldete Alles mit der größten Zärtlichkeit, so unbe-

quem das Gewicht des zehnjährigen Knaben seinem Alter auch sein mochte. ›Aber, lieber Wolf, sagte die Gräfin, plage doch Deinen guten Großvater nicht so entsetzlich! er muss ja von Deiner Last ganz ermüdet werden. ›Das hat gar nichts zu sagen, erwiderte Wolf; wir gehen bald zu Bette, und da wird der Großvater Zeit haben, sich von dieser Fatigue (Ermüdung) ganz vollkommen wieder auszuruhen. ›Sie sehen, nahm Goethe das Wort, daß die Liebe immer ein wenig impertinenter Natur ist.

Wolf – oder Wolfgang, wie er richtig hieß – war Goethes Liebling unter den drei Enkelkindern. Aber auch zu fremden Kindern bückte sich Goethe oft hinab, nicht zuletzt, um ihren Kummer zu erfahren. Eine Geschichte von vielen möchte ich euch erzählen: Eine Bekannte machte der Familie seines Freundes Herder ein großes Neujahrsgeschenk. Frau Herder und die Kinder freuten sich, wussten jedoch nicht recht, was sie der Frau zum Dank schreiben sollten. Goethe kam zufällig zu Besuch. Der große Staatsmann, Denker und Dichter setzte sich bescheiden hin und schrieb den Kindern ihre Briefe, die sie dann abschrieben. Dem kleinsten Sohn buchstabierte er den seinigen vor. Es dauerte eine Stunde, bis er fertig wurde, aber Goethe fand die Zeit und Geduld zu warten.

Als hoher Beamter des Staates veranstaltete er Kinderfeste und Bälle, bei denen nur Kinder anwesend sein durften. Er selbst hielt die feierliche Eröffnungsrede und ließ dann den Kindern freien Lauf. Er blieb jedoch dabei, um dafür zu sorgen, dass ihnen nichts Schlimmes zustieße und sie zuletzt wieder glücklich und gesund zu ihren Eltern zurückgebracht würden.

Goethe setzte großes Vertrauen in Kinder.«

»Unser Prophet Mohammad war da nicht anders«, warf ein Gelehrter ein. »Er sagte: ›Auf fünf Dinge verzichte ich nie: das Essen mit den Sklaven auf dem Boden zu teilen, auf Eseln zu reiten, meine Ziege eigenhändig zu melken, einfache Wollkleider zu tragen und Kinder freundlich zu begrüßen.‹«

»Wunderbar«, bestätigte Tuma, »das hätte Goethe gefallen. Denn auch er ehrte die Kinder, indem er ihnen mehr zutraute als die meisten Erwachsenen. Eckermann schrieb darüber: *Vom Werther lenkte sich das Gespräch auf Romane und Schauspiele im Allgemeinen und ihre moralische oder unmoralische Wirkung auf das Publikum. ›Es müßte schlimm zugehen, sagte Goethe, wenn ein Buch unmoralischer wirken sollte, als das Leben selber, das täglich der skandalösen Szenen im Überfluß, wo nicht vor unseren Augen, doch vor unseren Ohren entwickelt. Selbst bei Kindern braucht man wegen der Wirkungen eines Buches oder Theaterstückes keineswegs so ängstlich zu sein. Das tägliche Leben ist, wie gesagt, lehrreicher, als das wirksamste Buch.‹*

›Aber doch‹, bemerkte ich, ›sucht man sich bei Kindern in Acht zu nehmen, daß man in ihrer Gegenwart nicht Dinge spricht, welche zu hören wir für sie nicht gut halten.‹

›Das ist recht löblich‹, erwiderte Goethe, ›und ich tue es selbst nicht anders; allein ich halte diese Vorsicht durchaus für unnütz. Die Kinder haben, wie die Hunde, einen so scharfen und feinen Geruch, daß sie Alles entdecken und auswittern, und das Schlimme vor allem Anderen. Sie wissen auch immer ganz genau, wie dieser oder jener Hausfreund zu ihren Eltern steht, und da sie nun in der Regel noch keine Verstellung üben, so können sie uns als die trefflichsten Barometer dienen, um an ihnen den Grad unserer Gunst oder Ungunst bei den Ihrigen wahrzunehmen.

Man hatte einst in der Gesellschaft schlecht von mir gesprochen, und zwar erschien die Sache für mich von solcher Bedeutung, daß mir sehr viel daran liegen mußte, zu erfahren, woher der Schlag kam. Im Allgemeinen war man hier überaus wohlwollend gegen mich gesinnt; ich dachte hin und her und konnte gar nicht herausbringen, von wem jenes gehässige Gerede könne ausgegangen sein. Mit einem male bekomme ich Licht. Es begegneten mir nämlich eines Tages in der Straße einige kleine Knaben meiner Bekanntschaft, die mich nicht grüßten, wie sie sonst zu tun pflegten. Dies war mir genug, und ich entdeckte auf dieser Fährte sehr bald, daß es ihre lieben Eltern waren, die ihre Zungen auf meine Kosten auf eine so arge Weise in Bewegung gesetzt hatten.‹

Und wenn wir Goethes Haltung daraufhin betrachten, was er über die Entfaltung der Fähigkeiten bei Kindern dachte, so können wir über die Modernität seiner Ansichten nur staunen. Was er sagte, gilt heute mehr denn je. Eckermann schrieb: *Mit dem Prinzen bei Goethe. Seine Enkel amüsieren sich mit Taschenspieler-Kunststückchen, worin besonders Walther geübt ist. ›Ich habe nichts dawider‹, sagte Goethe, ›daß die Knaben ihre müßigen Stunden mit solchen Torheiten ausfüllen. Es ist, besonders in Gegenwart eines kleinen Publikums, ein herrliches Mittel zur Übung in freier Rede und Erlangung einiger körperlichen und geistigen Gewandtheit, woran wir Deutschen ohnehin keinen Überfluß haben. Der Nachteil allenfalls entstehender kleiner Eitelkeit wird durch solchen Gewinn vollkommen aufgewogen.‹*

›Auch sorgen schon die Zuschauer für die Dämpfung solcher Regungen‹, bemerkte ich, ›indem sie dem kleinen Künstler gewöhnlich sehr scharf auf die Finger sehen und schadenfroh genug sind, seine Fehlgriffe zu verhöhnen, und seine kleinen Geheimnisse zu seinem Verdruß öffentlich aufzudecken.‹

›Es geht Ihnen wie den Schauspielern‹, versetzte Goethe, ›die heute gerufen und morgen gepfiffen werden, wodurch denn Alles im schönsten Gleise bleibt.‹

Und noch ein allerletztes Mal will ich Eckermann zitieren, damit ihr Goethes vortreffliche Verteidigung der freien Entfaltung von Kindern und Jugendlichen zu stolzen, mutigen Menschen hört:

Ich brauche nur in unserm lieben Weimar zum Fenster hinauszusehen, um gewahr zu werden, wie es bei uns steht. Als

neulich der Schnee lag und meine Nachbarskinder ihre klei-
nen Schlitten auf der Straße probieren wollten, sogleich war
ein Polizeidiener nahe, und ich sah die armen Dingerchen
fliehen, so schnell sie konnten. Jetzt, wo die Frühlingssonne
sie aus den Häusern lockt und sie mit ihres Gleichen vor ihren
Türen gerne ein Spielchen machten, sehe ich sie immer ge-
niert, als wären sie nicht sicher und als fürchteten sie das Her-
annahen irgend eines polizeilichen Machthabers. Es darf
kein Bube mit der Peitsche knallen oder singen, oder rufen,
sogleich ist die Polizei da, es ihm zu verbieten. Es geht bei uns
Alles dahin, die liebe Jugend frühzeitig zahm zu machen und
alle Natur, alle Originalität und alle Wildheit auszutreiben,
so daß am Ende nichts übrig bleibt als der Philister.

Genug. Hier will ich enden, auch wenn es noch viel zu dem Thema zu sagen gäbe. Aber du, Hakim, batest mich um eine knappe Antwort. Du meintest, es läge an mir, der Kommission eine letzte Einstimmung zu geben, ehe ihr euch zurückzieht und alles noch mal überdenkt, was ich euch über den größten deutschen Dichter zu berichten versuchte. Möget ihr zu einem guten Urteil kommen.«

»Wir danken dir, dass du uns zum Abschluss noch diese so ungeheuer sympathische Seite von Goethe gezeigt hast«, erwiderte der Sultan lächelnd.

»Mir ist in den Sinn gekommen«, warf eine Frau ein, »dass viele Religionen Gott Wesen und Seele eines Kindes geben. Wer sonst kann die Erde in sieben Tagen schaffen? Wer formt auf der Erde täglich tausendfach Menschen aus Lehm, aus Strichen und Farben? In einer uralten Legende der arabischen Wüste erzählt man, Gott schuf den Menschen aus Lehm, und als er fertig war, entdeckte er, dass er Lehm übrig hatte. Erkennt ihr die Bedeutung dieser wunderbaren Szene? Gott ist keine Maschine, sondern ein lebendiger Schöpfer, der wie ein Kind immer etwas mehr nimmt als notwendig. Und was macht Gott aus dem Lehm? Er bastelt eine Palme und ruft dem Menschen zu: Das ist

deine Schwester. Welch eine geniale Geschichte: In zwei
Sätzen werden alle Zusammenhänge zwischen Mensch und
Natur erklärt. Und in der Konsequenz läuft es dann auf den
respektvollen Satz hinaus: Hüte die Bäume wie deine Geschwister. Für mich spricht aus dieser Geschichte eine wirklich weise Einstellung zu Gott.«

»Und ich habe gelesen«, ergänzte ein alter Gelehrter,
»dass die Ägypter geglaubt haben, die Erde sei durch das
Lachen der Götter entstanden. Stellt euch das nur vor. Da
kann doch nur ein Kind dahinter stecken.«

Alle lachten. Und es schien trotz der bevorstehenden
schweren Entscheidung, als wäre die Atmosphäre an diesem Abend sehr gelöst.

Sultan Hakim gab bald das Zeichen, dass man sich nun
zur endgültigen Beratung zurückziehen wolle, und die
Kommission verschwand noch einmal wie all die Nächte
vorher in dem benachbarten kleinen Salon.

Tuma wirkte erschöpft von der Anstrengung der vergan-
genen Nächte, aber irgendwie schien er auch glücklich zu
sein. Ob nur, weil nun alles vorbei war, oder schon, weil er
ahnte, dass es um seinen Goethe nicht schlecht stand, kann
ich, der Protokollant dieser Nächte, nicht sagen. Natürlich
war es ein günstiges Zeichen, dass ihm der Sultan neunmal
das Wort erteilt hatte und auch die anderen Mitglieder nur
selten und wenn, dann in einzelnen Punkten, Kritik hatten
laut werden lassen. Nie war Widerstand laut geworden, dass
Tuma noch eine weitere Nacht zum Erzählen bekam. In anderen Fällen war die Vorstellung eines Dichters bereits
nach der dritten oder vierten Nacht zu Ende gewesen, weil
die Mehrheit der Kommission meinte, genug gehört zu haben, um ihr – dann meistens negatives – Urteil zu fällen.

Tuma stand am Fenster und blickte aufs Meer. Die Wellen schlugen rhythmisch an den Strand, über dem Wasser
leuchtete der Vollmond, und Tuma begann – diesmal leise

auf Deutsch – noch einmal zu sprechen. Er rezitierte ein Gedicht, das konnte ich erkennen. Der schöne Klang wob sich ein in die Nacht, wie wir es schon an dem Abend erlebt hatten, als er die wunderbaren Balladen Goethes gelesen hatte. Ich lauschte ihm auch jetzt gebannt, und ich dachte dabei, dass das Deutsche mit seinen vielen Sch- und Ch-Lauten beinahe wie Aramäisch klingt.

Als Tuma das Gedicht beendete, trat ich auf ihn zu und bat ihn, mir wie von allen anderen Versen auch von diesen seine Übersetzung zu leihen, damit ich sie meinem Protokoll anhängen könne. Ich wusste, dass ich damit meine Kompetenzen als Schreiber des Sultans nicht wirklich überschritt. Sultan Hakim jedenfalls würde sich freuen, wenn er beim Studium meines Protokolls noch eine weitere Perle Goethes vom stillen Grund des Meeres emporgehoben fände.

An den Mond

Füllest wieder Busch und Tal
Still mit Nebelglanz
Lösest endlich auch einmal
Meine Seele ganz;

Breitest über mein Gefild
Lindernd deinen Blick,
Wie des Freundes Auge mild
Über mein Geschick.

Jeden Nachklang fühlt mein Herz
Froh und trüber Zeit,
Wandle zwischen Freud' und Schmerz
In der Einsamkeit.

Fließe, fließe, lieber Fluß,
Nimmer werd ich froh,
So verrauschte Scherz und Kuß,
Und die Treue so.

Ich besaß es doch einmal
Was so köstlich ist!
Daß man doch zu seiner Qual
Nimmer es vergißt!

Rausche, Fluß, das Tal entlang
Ohne Rast und Ruh,
Rausche, flüstre meinem Sang
Melodien zu!

Wenn du in der Winternacht
Wütend überschwillst,
Oder um die Frühlingspracht
Junger Knospen quillst.

Selig wer sich vor der Welt
Ohne Haß verschließt,
Einen Freund am Busen hält
Und mit dem genießt,

Was von Menschen nicht gewußt
Oder nicht bedacht.
Durch das Labyrinth der Brust
Wandelt in der Nacht.

Bald kehrte die Kommission zurück. Diener hatten in der Zwischenzeit frischen duftenden Tee in den Saal hereingetragen, der die Luft würzte. Wir setzten uns, und das Klirren der Teeschalen war wie so oft in den Nächten vorher aus allen Richtungen zu hören. Wenn die Kommission so lärmte, dann war an diesem Abend wirklich nicht mit einer negativen Entscheidung zu rechnen. Sonst hätten die Mitglieder gehemmter dagesessen und versucht, jedes Geräusch zu unterdrücken. Schließlich begann der Sultan zu sprechen:

»Liebster Freund und Bruder, die Kommission und ich beneiden Goethe um seinen Zauberlehrling, der ihn, diesen großen deutschen Dichter, so warmherzig und gekonnt in unsere Herzen gezaubert hat. Sei versichert, lieber Tuma, wir sind uns einig: Goethe ist ein wunderbarer Dichter. Und wie könnten wir so egoistisch sein, ihn für uns allein zu beanspruchen. Welch eine Verschwendung wäre das. Nein, auch unsere Kinder sollen so bald wie möglich die Freude genießen, diesen vielseitigen Dichter kennen zu lernen und seine Geschichten in den besten Übersetzungen zu lesen. Was die Gedichte betrifft, so können sie nicht besser als von dir in unsere Sprache übersetzt werden. Das haben wir bei deinem Vortrag gespürt, und wir haben deshalb beschlossen, dass du im Haus der Weisheit bei der Übersetzung der Gedichte Goethes die Oberaufsicht haben und ihnen den letzten Schliff geben sollst.«

Tuma jubelte vor Freude. Und er strahlte, als ihm von den Gratulanten Hand um Hand gereicht wurde, und ich, der Schreiber dieser Zeilen, schätze mich glücklich, dabei gewesen zu sein.

Wie die Geschichte zu Ende ging

Goethe hatte Herz und Geist der Kommission erobert. Sie war von seinem Werk so beeindruckt, dass sie einstimmig beschloss, das Haus der Weisheit mit der Übersetzung seiner Werke zu beauftragen. Als erster deutscher Dichter wurde Goethe an allen Schulen und Universitäten des Landes im Unterricht eingeführt. Die Entscheidung mögen Neider auf die innige Freundschaft zwischen dem Herrscher Sultan Hakim und seinem besten Freund, Prinz Tuma, zurückgeführt haben. Dass dies aber nicht der Fall war, zeigte sich, als die Kommission in späteren Runden seinen Hegel entschieden ablehnte. Ebenso wenig half dem Prinzen auch sein großartiger Einsatz für Karl Marx, dessen Schriften er aus Berlin mitgebracht hatte. »Marx ist zwar ein Prophet der Moderne, aber die Juden haben bessere Propheten hervorgebracht«, war die knappe Antwort des Sultans nach gründlicher Beratung mit der Kommission. Heinrich Heine dagegen wurde mit Enthusiasmus aufgenommen, während die Kommission bei Nietzsche vorsichtiger reagierte und ihn nur für fortgeschrittene Studenten empfahl. Bei Schopenhauers Werk ließ sich die Kommission bloß von seinen Arbeiten über Sprache und Dichtung beeindrucken. »Sein düsterer Pessimismus passt nicht unter unseren blauen Himmel«, erklärte der Sultan.

Nein, in der Auseinandersetzung um die Beziehung zu anderen Kulturen nahmen die Mitglieder der geheimen Kommission keine falschen Rücksichten.

Einige Jahre gingen ins Land, und das Haus der Weisheit, das Zentrum für Übersetzungen auf der Insel Hulm, wurde so etwas wie ein Botschaftsgebäude aller Kulturen. Den europäischen Sprachen folgten bald die asiatischen. Es gab schon früh eine kleine, tüchtige Abteilung für chinesische Literatur. Aus allen Ecken Arabiens strömten Übersetzer und Pädagogen herbei, um an dem ehrgeizigen und einzigartigen Projekt teilzunehmen. Man erzählt, dass im Haus der Weisheit in einem Jahr mehr Erfahrungen mit Übersetzungen gesammelt wurden als im ganzen übrigen Arabien in zehn Jahren. Die Kosten waren immens. Sultan Said, der Herrscher über Oman von Gnaden der englischen Krone, gab damals aber die gleiche Summe in nur einer Nacht in London aus.

An einem heißen Junitag des Jahres 1902 baten zwei Herren, die eine halbe Stunde zuvor mit ihrem Schiff im Hafen der Hauptstadt Sikra angekommen waren, den Sekretär des Sultans um eine Unterredung mit dem Herrscher. Sie wollten sich weder mit Ministern noch mit anderen Beratern zufrieden geben. Sie überreichten ihre Papiere und ein Empfehlungsschreiben des französischen Staatspräsidenten Émile Loubet. Der Sultan empfing sie aus reiner Neugier, und die Herren kamen sogleich zur Sache. Sie seien Vertreter eines Privatunternehmens, einer Ölfirma, und persönlich mit dem Staatspräsidenten befreundet.

»Und womit kann ich Ihnen dienen?«, fragte Sultan Hakim, weil er den Zusammenhang immer noch nicht verstanden hatte.

»Hulm schwimmt auf Erdöl«, antwortete der ältere der beiden Herren. Das hätten Forschungen der Franzosen ergeben, und man müsse schnell mit der Förderung beginnen, weil die Engländer bald in Bahrain, Kuwait und Katar bohren würden. Da die Lagerstätte, ein unterirdisches Ölmeer, dieselbe sei, solle man lieber heute als morgen auf Hulm mit der Ölförderung beginnen.

Der Sultan lachte. Er bedankte sich bei den Herren für ihre Fürsorge, stand auf und ging. Kurz vor der Saaltür sagte er zu seinem Sekretär: »Vergesst nicht, den Herren ein festliches Mahl anzubieten, bevor sie heute Abend in ihre Heimat zurückfahren.«

Eine Woche später warteten drei kanadische Herren vor dem Eingang des Audienzsaals, empfangen zu werden. Ihr Sprecher, ein hoch gewachsener Monsieur D'Arcy, hatte ein Jahr zuvor für eine lächerliche Summe reichlich Erdölkonzessionen von den Persern gekauft. Ihm sagte der Sultan knapp: »Wir sind in Kenntnis um das Öl, aber wir werden so lange ohne leben, bis wir selbst wissen, wie wir es aus der Erde holen, und vor allem, was wir damit anfangen können. Ein Loch in den Boden schlagen kann jeder Schwachkopf. Dafür brauche ich Sie nicht.«

Der Sultan wusste, dass seine Geologen noch zwei Jahre brauchen würden, um selbst das Erdöl zu fördern.

Die drei Herren zogen ab, es kamen stattdessen Holländer und Engländer, doch sobald sie den Zweck ihres Besuches mit dem Wort »Erdöl« angaben, verdüsterte sich die Miene des Sekretärs, und er ließ sie nicht mehr zum Sultan vor. Der hatte mit der Entwicklung des Landes alle Hände voll zu tun, denn er merkte bald, dass ihm dazu viel weniger Zeit blieb, als er gedacht hatte.

Immer häufiger tauchten britische Zerstörer vor Hulms Küste auf. In diplomatischen Kreisen machten Gerüchte die Runde, dass Hulm seit einer Weile Verbindungen zu Deutschland unterhielte.

»Viel Zeit lassen uns die konkurrierenden Mächte Europas nicht«, sagte der Sultan eines Abends zu seinem Freund Tuma. Beide waren müde von der Arbeit und beunruhigt über eine Nachricht, die Sultan Hakim soeben von seinem Außenminister erhalten hatte. In Kairo, Istanbul und Bagdad habe man ihn gefragt, ob Hulm tatsächlich vorhabe, mithilfe der Deutschen Bahrain zu erobern. England war inzwischen durch Verträge zur alleinigen Schutzmacht am Golf aufgestiegen.

Als plötzlich die wenigen europäischen Botschafter auf der Insel von ihren Regierungen abgezogen wurden, ahnte man bereits, dass ein Krieg bevorstand. Die Armee wurde in höchste Alarmbereitschaft versetzt.

»Du solltest deine Mutter nach Hannover in Sicherheit bringen«, empfahl der Sultan seinem Freund Tuma.

»Ob du es glaubst oder nicht, ich habe ihr angeboten, mit dem Passagierschiff *Bremen* nach Deutschland zu fahren, das gerade wegen einer Reparatur zwei Tage bei uns im Hafen lag. Sie sagte nur, Hulm sei ihre Sicherheit.«

Dann regnete es eines Nachts Feuer vom Himmel auf die Köpfe der Einwohner von Sikra der Hauptstadt von Hulm. Ohne Kriegserklärung bombardierten Schiffe den Palast des Sultans. Ob es Zufall war oder nicht, die ersten Granaten verfehlten den Palast und trafen stattdessen das Haus der Weisheit, das in Flammen aufging.

Die Insel Hulm wurde von Engländern und Bahrainern angegriffen. Die kleine Armee des Landes wehrte sich erbittert, musste sich aber bald geschlagen geben. Als nur noch die Palastwache unter der Führung des Sultans Widerstand leistete, richtete Admiral John Murray die schweren Kanonen seines Zerstörers *Viper* aus nächster Nähe auf den Palast und zerstörte ihn vollständig.

Man fand keine Spur von Sultan Hakim und seinem Freund Tuma, die nach Augenzeugenberichten einiger Überlebender bis zum letzten Augenblick in den Trümmern des Palastes gekämpft hatten.

Martha – oder Prinzessin Saide – wurde im Haus der Weisheit verletzt, ihr Mann unter den Trümmern begraben. Sie hatte sich bald erholt und verließ Hulm an Bord eines deutschen Schiffes. Zurückgezogen lebte sie in Hannover und starb 1960 verarmt und unerkannt in einem Altersheim.

In einer braunen Ledermappe lag *Der geheime Bericht*, den sie offenbar aus dem Haus der Weisheit gerettet hatte.

Die Nachrichten vom Überfall drangen spärlich in die Welt hinaus. Es gab damals noch kein Radio. Bloß eine kurze Mitteilung wurde von den Engländern über ihr Telegrafennetz weitergegeben, das vom persischen Festland nach Europa und Indien funkte. Die englische Presseagentur am Golf meldete, dass ein Bürgerkrieg auf einer Insel im Golf ausgebrochen sei und dass man die aufständischen Parteien mit den vereinten Kräften der zivilisierten Welt befriedet habe.

Die Mehrheit der Menschen in der Welt hörte zum ersten Mal die Namen Hulm und Bahrain und wusste nichts mit ihnen anzufangen.

Kurz darauf wurde auf Hulm mit Ölbohrungen begonnen, und in der Tat erwies sich die Quelle nicht nur als reichhaltig, sondern das Öl war auch von allerbester Qualität. Die Bohrtürme überzogen das Land und brachten vielen Insulanern Arbeit und Geld. Bald rühmte sich die von der Ölfirma eingesetzte Verwaltung, dass alle Bewohner Hulms eine Beschäftigung gefunden hätten und das Land sogar noch dreitausend pakistanische und fünftausend indische Arbeitskräfte zusätzlich angeworben habe.

Drei Jahre lang pumpten die Ölfirmen das schwarze Gold aus dem Erdinnern. Doch plötzlich geschah etwas Merkwürdiges. Die Erde schien auf der Insel Hulm zu beben, aber sie tat es nicht wirklich, sondern sie sackte mit einem Schlag mehrere Zentimeter ab. Nach diesem ersten gewaltigen Ruck war das Sinken nicht mehr aufzuhalten. Stetig senkte sich der Boden weiter. Die Bevölkerung musste evakuiert werden. Die Auswanderer fanden als Staatenlose Aufnahme in den dünn besiedelten arabischen Küstengebieten.

Bald war von der ganzen Insel nichts mehr zu sehen. Eine Unzahl von Bohrinseln breitete sich später im Meer aus, dort wo einst die Insel gewesen war.

Wenn die Windverhältnisse günstig sind, kann man bis heute von Bahrain aus im Meer ein grünes Fünfeck sehen, das unter dem Wasser schimmert. Die Menschen zeigen darauf und sagen: »Da liegt Hulm!«

Und Hulm bedeutet auf Arabisch Traum.

Anhang I

Dokument zum Leben
des deutschen Dichters
Johann Wolfgang von Goethe

Schriftlich eingereicht von Prinz Tuma

E s sei am Anfang schon angemerkt, dass das Leben von Johann
Wolfgang von Goethe derart vielfältig, vielschichtig und auch
widersprüchlich ist, dass es eigentlich unfassbar bleibt. Man könnte
sich Hilfe verschaffen, indem man sein biografisches Werk »Dichtung und Wahrheit« liest und noch die Bücher »Die italienische
Reise« und »Campagne in Frankreich« dazu nimmt. Mit diesen drei
Werken kommt man dem Meister einen großen Schritt näher, aber
man könnte ihn damit doch nicht wirklich fassen. Wenn man aber
einen zentralen Punkt seines Charakters herausgreift und sich vor
Augen hält, dann versteht man Goethe besser und spürt immer
weniger Widersprüche in allem, was er tat. Dieser zentrale Punkt ist
sein poetischer Bildungshunger, ein Hunger, der Goethe lebenslang
rastlos sein ließ. So versteht man das unaufhörliche Suchen dieses Mannes und begreift die vielen gewagten Schritte, die er unternahm, ebenso wie die zwangsläufigen Rückschläge. Entscheidend
aber sind die einmaligen Leistungen, die dabei herausgekommen
sind. Es ist das kluge, neugierige Kind, das in Goethe immer fort-
lebte und unaufhörlich Fragen stellte, um alsbald rastlos auf die Suche nach Antworten zu gehen.

Aber nun bieten sich auf diesem Hintergrund einige Stationen
eines der interessantesten Menschen unserer Erde. Begleiten wir ihn
schnellen Schrittes durch sein Leben.

Johann Wolfgang von Goethe wurde am 28. August 1749 in Frankfurt am Main geboren. Er hatte großes Glück, in einer wohlhaben-
den Familie das Licht der Welt zu erblicken. Dadurch war es dem
Kind von klein auf möglich, mit den ihn umgebenden Gemälden,
der Musik und einer exzellenten Bibliothek Auge, Ohr und Ge-
schmack zu schulen.

In seiner Familie herrschte – wie übrigens in den meisten bürgerlichen Familien der damaligen Zeit – eine strenge patriarchalische Ordnung. Der Vater war der uneingeschränkte Herrscher. Goethes Vater wurde durch Erbschaften sehr reich. Er war Jurist, doch er übte den Beruf eines gelehrten Müßiggängers und Kunstliebhabers aus und lebte wohl von den Zinsen seines Erbes.

Seine Frau, Goethes Mutter, stammte aus einer bekannten Juristenfamilie. Ihr Vater hatte das höchste juristische Amt der Stadt inne. Diesem Großvater widmete Goethe 1757 mit knapp acht Jahren sein allererstes Gedicht.

Goethes Vater war streng. Im Grunde war er als intellektueller Privatgelehrter ein einsamer Mann. Er widmete sich aber der Erziehung seiner Kinder mit besonderem Ernst. Das war der ganze Inhalt seines Lebens. Er war fixiert auf die Zukunft der Kinder. Die Mutter dagegen lebte im Jetzt, war redselig und phantasievoll. Sie war eine exzellente Märchenerzählerin und Goethe genoss die Zeiten, wenn sie erzählte, und beteiligte sich selber mit großer Leidenschaft am Erzählen. Sie war eine Frohnatur. Goethe sagte später, er verdanke ihr sein fröhliches Wesen und seine Fabulierlust.

Er hatte eine innige Beziehung zu seiner Mutter und zu seiner einzigen Schwester Cornelia, die ein Jahr jünger war als er. Diese besondere Beziehung zu beiden beeinflusste seinen Weg im Leben, seine Beziehungen zu anderen Frauen und vor allem seine Kreativität. Goethe deutete immer wieder an, dass die Mutter mit ihren beiden Kindern eine gewisse Front gegen den Vater gebildet hätte.

Goethe wurde unter Aufsicht des Vaters privat unterrichtet. Der Lehrplan umfasste die Fächer: Latein, Griechisch, Französisch, Italienisch, Englisch, Mathematik, Geometrie, Religion und Geografie.

Er war kein schlechter Schüler, aber ein Musterschüler war er auch nicht. Er nahm nebenher Zeichen- und Klavierstunden, lernte auch Fechten, Schwimmen, Reiten und außerdem Schlittschuhlaufen. Goethes Familie hatte zu Hause ein Puppentheater, mit dem Goethe als Kind gern und oft spielte. Er besuchte aber auch mit den Eltern das große Theater und erlebte dabei im Alter von 14 Jahren Mozart. Das Musikgenie war damals gerade sieben.

Kinderbücher gab es zu Zeiten Goethes nicht, wohl aber eine reichlich und schön illustrierte Bibelausgabe. Sie wurde zum Lieblingsbuch des jungen Goethe. Er durfte zudem ohne Einschränkung in der Bibliothek seines Vaters schmökern. Er fand dort die Fabeln des Äsop und die Märchen aus Tausendundeiner Nacht. Später lernte in der häuslichen Bibliothek auch Ovids »Metamorphosen«, Vergils »Äneis«, Daniel Defoes »Robinson Crusoe« und Johann

Gottfried Schnabels »Insel Felsenburg« kennen. Langeweile hatte Goethe nie.

1755 erschütterte das Erdbeben von Lissabon seinen Glauben. Denn Gott ließ, so der junge Goethe, Gerechte und Ungerechte untergehen. Über sechzigtausend Tote beklagte die portugiesische Stadt.

Auch die politischen Konflikte blieben dem Knaben in dieser Zeit nicht erspart. 1756 brach der Siebenjährige Krieg zwischen Preußen und Österreich aus. Die Auseinandersetzung machte vor der Tür der Familie nicht Halt. Der Vater war Anhänger Preußens, der Großvater mütterlicherseits Anhänger Österreichs. Die unterschiedliche Parteinahme führte zum Bruch zwischen Goethes Vater und dessen Schwiegervater. Der Vater musste zudem die Qual erdulden, dass die Franzosen mit den Österreichern verbunden seine Stadt Frankfurt besetzten und einen Teil seines Hauses als Unterkunft für einen hohen Offizier vereinnahmten. Goethes Vater grollte, aber Goethe selbst hegte keinen Augenblick schlechte Gefühle gegen die Franzosen. Der Offizier war ein lustiger, dem Theater aufgeschlossener Mann. Die Zeit der Besatzung verging denn auch ohne große Probleme.

Nach der Schulzeit wollte Goethe eigentlich Philosophie studieren, doch der Vater lehnte ab und befahl dem Sohn, seinen Weg einzuschlagen und Jura zu studieren. Goethe gehorchte. Mit 16 Jahren reiste er nach Leipzig – damals anders als das alte Frankfurt eine in jeder Hinsicht moderne Stadt. Er studierte ungern Jura, dafür aber umso fleißiger das Leben, und so hatte er bald guten Kontakt zu Studenten und vor allem zu einigen jungen Frauen. Er besuchte das Theater, schrieb Gedichte und Dramen. Sein Vater, der zufrieden mit dem Sohn war, weil der sich seinen Wünschen gefügt hatte, belohnte den Sohn reichlich mit Geld. Goethe bekam im Monat 100 Gulden, was damals eine astronomische Summe war. Mancher mittlere Beamte verdiente nicht einmal 100 Gulden im Jahr. Dass aber der Vater dies ohne Angst um den Charakter seines Sohnes tat, zeugt von seiner tiefen Kenntnis der Seele seines Sprösslings. Er traute ihm zu, dass er genießen könne, ohne übermütig zu werden.

Er lernte neben dem Jurastudium bei Adam Oeser Zeichnen und Radieren. In dieser Zeit war Goethe nicht sicher, ob er vielleicht eher Maler werden sollte. Aber gleichzeitig begann er mit Freunden die zeitgenössische deutsche Rokokoliteratur gründlich zu lesen und zu diskutieren. Schließlich widmete man sich auch den Dichtern der Antike und den Autoren anderer europäischer Länder. Goethe erweiterte so in Leipzig maßgeblich seine literarischen Kenntnisse. Nicht umsonst brachte das Leben in dieser Stadt einen bedeutenden Wendepunkt für sein Leben.

Goethe erklärte später, dass er hier anfing zu schreiben, um seine Erlebnisse, die ihn bewegten, quälten oder freuten, aufzuarbeiten. Sein Temperament war feurig und durch nichts besser zu bändigen als durch die Gabe, darüber zu dichten. In Leipzig fand er den Weg, den er selber gehen und mit dem er sich indirekt vom strengen Plan des Vaters befreien konnte: die Dichtung. Und ihm wurde bewusst, dass er seine Begabung nun schulen und viel an sich arbeiten musste. Im August 1767 setzte er einen Strich unter seine Vergangenheit. Er verbrannte alle frühen Gedichte, Dramen, Prosatexte und Entwürfe, die er von zu Hause mitgenommen hatte. Dort waren sie von Familie und Freunden gelobt worden, ihm selbst erschienen sie jetzt aber trocken, gekünstelt und leblos. Er wollte neu beginnen mit seinen neuen Kenntnissen, die er sich in Leipzig angeeignet hatte.

Die Zeit dort endete allerdings mit einer lebensgefährlichen Erkrankung. Nach drei Jahren Leipzig kehrte er Ende August 1768 wieder nach Hause zurück. Er brauchte fast anderthalb Jahre, um zu genesen. In dieser Zeit vertiefte er aber seine Kenntnisse über Religion durch Gespräche mit einer frommen Freundin seiner Mutter. Der Arzt, der ihn behandelte, war ein Experte der Homöopathie und experimentierte gern mit Alchimie. Durch ihn machte Goethe seine ersten Gehversuche in der Naturwissenschaft. Er befasste sich mit Chemie und machte verschiedene Experimente. Und es blieb nicht aus, dass er bald eigene Gedanken über naturphilosophische und naturwissenschaftliche Probleme entwickelte und notierte.

Auch literarisch machte er einen Schritt von größter Bedeutung. Goethe beschließt, er will keine Nachahmung bekannter Dichter mehr, keine Wiederholung alter vertrauter Muster, sondern Wagnis, Neues, Originalität.

Im April 1770 verlässt er Frankfurt und reist nach Straßburg. Er nimmt dort das Jurastudium wieder auf und schließt es im August 1771 mit der Promotion zum Lizenziaten der Rechte erfolgreich ab. Bei einem Ausflug verweilt er in einem Pfarrhaus in Sesenheim und verliebt sich dort in die schöne Friederike Brion, der er mehrere Gedichte und Lieder widmet. In Straßburg selbst lernt er den Gelehrten und Dichter Johann Gottfried Herder kennen, der damals schon berühmt war. Diese Freundschaft hat Goethe sehr gefördert. Herder half ihm durch harte Kritik und gutmütige Anregung, seine Pläne und Gedanken schneller zur Reife zu bringen. Und Herder war es, der Goethes Augen für die Poesie anderer Kulturen öffnete. Bald gesellte sich der Dichter Jakob Michael Reinhold Lenz dazu, und der Beginn der Sturm-und-Drang-Epoche wurde mit diesem Trio eingeläutet. Schon nach kurzer Zeit hatte Goethe die beiden anderen aber überflügelt.

Die Zeit in Straßburg war kurz, aber nie wieder hat Goethe eine reichere Zeit gehabt. Hier sprach er den Satz, der später zum Programm seines Lebens werden sollte: *Wir müssen nichts sein, sondern alles werden wollen.* Schon im August, kurz nach Abschluss seines Studiums, verlässt er die Stadt und nimmt auch endgültig Abschied von Sesenheim und Friederike Brion, um wieder nach Frankfurt zurückzukehren, wo er sich als Rechtsanwalt niederlässt. Und wieder erfüllt er dort den Wunsch des Vaters und geht für ein Praktikum an das Reichskammergericht in Wetzlar, ohne jedoch seinen eigenen literarischen Weg zu verlassen. Von Wetzlar aus lernt er Johann Heinrich Merck kennen und wirkt in dessen »Darmstädter Kreis« mit.

Goethe war ein unermüdlicher Sucher. Er durchforstete das ganze Erbe seiner Kultur nach Formen des Dramas und experimentierte damit, um seinen Stil und sein Konzept zu finden. Dabei ließ er sich auch durch Jahrmarktsartisten, Fastnachts- und Karnevalsstücke inspirieren.

Eines zeichnete Goethe immer aus: seine Unbestechlichkeit gegenüber Erfolg. Er schrieb kein einziges Stück so wie das vorherige, obwohl er von Anfang an Erfolg hatte und der Markt ihn zu Wiederholungen hätte verführen können. Das ist eine Größe, die nur wenigen gegönnt ist. Und noch mehr wagte Goethe: Er verließ die verbreitete Dramaturgie der klassischen Antike und wandte sich Shakespeare zu. Seinen berühmten »Götz von Berlichingen« schrieb er ganz unter dem Einfluss des großen englischen Dichters. Das Stück ist großartig, und leider blieb in vielen Köpfen nur ein billiges Schimpfwort aus dem bunten, witzigen Treiben der Handlung hängen. Der Dichter bekam Anfragen über Anfragen, weitere historische Figuren auf dieselbe Art zu bearbeiten. Er aber sprang weiter, die Verführung hinter sich lassend, und produzierte etwas ganz Neues. Doch in allem, was er schrieb, blieb Goethe dem gewöhnlichen Leser zugänglich. Das missfiel vielen Kritikern. Und kaum hatte man sich mit dem neuen Dramatiker und seinem »Götz« halbwegs versöhnt, überraschte er seine Kritiker, Leser, Freunde und Gegner mit dem Roman »Die Leiden des jungen Werthers«. Goethe war gerade fünfundzwanzig, und der Briefroman machte ihn über Nacht berühmt. Es wurde geradezu Mode, den »Werther« zu lesen.

In dieser Zeit war Goethe sehr aktiv und alles fesselte seine Aufmerksamkeit. Er schrieb sogar über den Propheten Mohammad und beschäftigte sich mit den wichtigsten Denkern und Dichtern der Geschichte von Homer über Pindar bis Spinoza. Auch dem Koran und der Bibel widmete er besonderes Interesse. Und das Erstaunliche war, dass er dabei dennoch leidenschaftlich lebte und innerhalb von drei Jahren intensive Beziehungen zu Charlotte Buff (das Vorbild für die Heldin im »Werther«), Maximiliane Laroche und Johanna Fahlmer hatte. Er verfasste Gedichte, Dramen, Oden, Artikel über Kunst, Farcen und Satiren. Und erstmals beschäftigte er sich nun auch mit der Faust-Thematik und schrieb die Urfassung aller Wahrscheinlichkeit nach zwischen 1773 und 1775. Der Faust wurde zu seinem zentralen Thema. Immer wieder beschäftigte er sich mit ihm, stieß ihn in die dunkle Kammer des Vergessens, holte ihn wieder – nicht selten durch den Druck der Freunde und hier an erster Stelle des Dichters Friedrich Schiller – heraus, bearbeitete ihn und legte ihn wieder zur Seite. Die letzte Fassung des zweiten Teils beendete er erst 1831. Er versiegelte sie und wünschte, dass sie erst nach seinem Tod veröffentlicht werden sollte, und so geschah es auch.

Nebenbei arbeitete er als Rechtsanwalt, verfasste juristische Abhandlungen und versuchte ohne Erfolg, die steife juristische Sprache auf ein Alltagsdeutsch hin zu reformieren. In Frankfurt hatte er aus nächster Nähe den Kummer und die Probleme der kleinen Leute kennen gelernt, die nun seine Mandanten waren. Bald wurde er aber durch einen Bekannten dem achtzehnjährigen Herzog Karl August vorgestellt, der über das kleine Land Sachsen-Weimar-Eisenach herrschte. Und dieser war bereits bei der ersten Begegnung von Goethe fasziniert. Er lud ihn zu sich nach Weimar ein. Die Ankunft des nun berühmten und beliebten Dichters wurde in Weimar, das damals bloß 6000 Einwohner hatte, gefeiert. Schnell wurde aus dem Gast ein hoher Beamter, der das volle Vertrauen des Herzogs genoss. Der Herzog wollte mit Goethe keinen Hofdichter kaufen, sondern einen genialen, vielseitigen Berater gewinnen. Er beschenkte Goethe reichlich und nahm ihn in Schutz gegen die Neider und Intriganten am Hof, die dem Neuling jede Qualifikation absprachen. Sie unterschätzten jedoch die Lernfähigkeit Goethes und mussten bald verstummen.

In Weimar begann Goethe ein völlig neues Leben als Staatsbeamter, der mit Finanzen, Bergwerken, Krieg, Armee, Straßenbau und der Theaterleitung betraut war. Er trug Verantwortung als Vorsitzender der Kriegskommission und unternahm diplomatische Reisen mit dem Herzog. An dessen Seite nahm er auch an Kriegen teil.

Eine Reihe von neuen Freunden und Freundinnen beeinflusste in Weimar Goethes Leben. Einer von ihnen war der Dichter Wieland, der Erzieher des jungen Herzogs. Wieland vergötterte Goethe. Doch den größten Einfluss während der ersten zehn Jahre dort übte ohne Zweifel eine kluge Frau namens Charlotte von Stein aus.

Sie war sieben Jahre älter als Goethe und mit ihrem Mann am Hof des Herzogs beschäftigt. Sie war unglücklich in der Ehe und hatte großes Interesse an Literatur. Johann Wolfgang von Goethe und Charlotte von Stein begegneten sich und wurden schnell enge Freunde. Die Rollen waren verteilt, aber nicht zementiert. Er war stürmisch, sie – womöglich sich bremsend – kühl zurückhaltend. In seinen intimen Eintragungen nennt Goethe sie »Sonne«. In seinen ersten zehn Jahren in Weimar war Charlotte tatsächlich das Zentrum seines Lebens. Er schickte ihr Früchte und Geschenke, und bis zu seiner heimlichen Abreise nach Italien im Jahre 1786, die dieser Beziehung den ersten großen Schlag versetzte, schrieb ihr Goethe 1600 Briefe, die manchmal nur aus einem Zettelchen mit Notizen bestanden, aber immer voller Poesie und Liebe waren.

Wie weit ihr Liebesverhältnis ging oder wie nahe sie sich kamen, ist bis heute noch nicht mit Sicherheit geklärt, aber bis 1786 beeinflusste Charlotte von Stein den Dichter auf großartige Weise. Der Trennung folgten dann aber Kränkungen und Verletzungen, und erst im hohen Alter fanden die zwei wieder ein freundschaftliches Verhältnis zueinander.

Aber warum reiste Goethe so fluchtartig nach Italien? Was wollte er dem Herzog, sich selbst und den Weimarern mit seiner langen Abwesenheit von September 1786 bis Juni 1788 signalisieren? Goethe selbst gab viele Jahre später rückblickend die Antwort, dass die ersten zehn Jahre in Weimar für ihn verloren gewesen seien. Das mag angesichts seiner vielfältigen Aufgaben erstaunen, aber wer zum Poeten geboren ist, feiert ein gelungenes Gedicht im Herzen mehr als einen erfolgreichen diplomatischen Dienst. Sicher hatte Goethe in den zehn Jahren viel geleistet und ganze Gebiete der Naturwissenschaft, der Staatsführung und der Organisation für sich entdeckt und bestens bearbeitet, doch seine wichtigsten literarischen Arbeiten blieben liegen. Er arbeitete sich durch die Akten, forschte auf den Feldern der Mineralogie, Geologie, Anatomie und Botanik. Die naturwissenschaftliche Forschung war ein Versuch, der höfischen Gesellschaft zu entfliehen, ja von den beschaulichen kleinen Ecken und Winkeln Weimars in die universellen Koordinaten zu wechseln. Und obwohl er einige interessante Ergebnisse vorweisen konnte wie etwa die Entdeckung des Zwischenknochens im menschlichen Kiefer, blieb ihm eine Anerkennung durch die Naturwissenschaft versagt.

Das Jahrzehnt vor der Flucht nach Italien kann man von daher als Jahrzehnt der unvollendeten literarischen Arbeiten bezeichnen. Er erzeugte einen Berg von Entwürfen und Fragmenten. Doch die Verwirklichung blieb, anders als in Frankfurt, Straßburg oder Wetzlar, unter der Belastung durch seine Verwaltungstätigkeit auf der Strecke. Und doch schrieb er in dieser Zeit seine schönste Ballade, den »Erlkönig«, Nacht- und Mondlieder, Liebesgedichte an Charlotte und die dramatischen Werke »Die Geschwister« sowie »Iphigenie auf Tauris«. Auch den ersten Entwurf zum »Wilhelm Meister« fertigte er in dieser Zeit unter dem Titel »Wilhelm Meisters theatralische Sendung« an. Er erprobte auch das Singspiel und äußerte sich ausführlich über das Verhältnis von Wort und Ton, um herauszufinden, wie Dichtung spiel- und singbar gemacht werden könnte. Aber seine Bemühungen fruchteten nicht so, wie er es sich gewünscht hatte.

Durch seinen unglaublichen Fleiß und klugen Umgang kletterte Goethe schnell zu den höchsten Ämtern des kleinen Herzogtums auf. Doch die Zufriedenheit darüber war immer nur von kurzer Dauer. Im tiefsten Innern seiner Seele war er unzufrieden, denn die wichtigsten Arbeiten, der »Tasso«, der »Faust«, »Wilhelm Meister« und »Egmont« blieben unvollendet liegen. Er führte nach seinen eigenen Bekundungen ein *Doppelleben*, um der Vielfalt seiner Aufgaben gerecht zu werden. Da aber der Tag nicht mehr als 24 Stunden hat, half das Doppelleben nicht viel. Das Resultat: psychische und physische Erschöpfung.

Deshalb war die Flucht eine Notwendigkeit, um sich aus dem ihn erstickenden Hofleben zu befreien und poetisch wieder produktiv zu werden. Die räumliche Trennung sollte ihm helfen, die Krise zu überwinden. Und der Beweis, dass dies der Grund für seinen Aufbruch war, ist offensichtlich: Die ausgesandten Signale waren deutlich. Er wollte nicht Weimar verlassen und etwa nach Frankfurt zurückkehren. Nein, als er aus Italien zurückkam, legte er viele seiner Ämter nieder und blieb weiter in Weimar. Die Reise nach Italien aber brachte Goethe zu einer noch nie dagewesenen Schaffenskraft und zu ganz neuen schöpferischen Möglichkeiten. Sie eröffnete geradezu eine neue Phase in seinem Leben und Schaffen. Goethe sprach in einem Brief an das Ehepaar Herder von einer *Wiedergeburt*, und noch vierzig Jahre später, 1828, schrieb er, dass durch die Italienreise *der Grund meines ganzen nachherigen Lebens sich befestigt und ge-*

staltet hat. Goethe, so könnte man heute sagen, hat sich durch diese Reise aus dem Chaos gerettet.

Die Italienreise öffnete ihm nicht nur die Augen für die Natur und Kunst des südlichen Europas, für die Lebensweisen anderer Völker in Abhängigkeit von der sie umgebenden Natur, sondern sie half ihm vor allem, wieder zu sich zu kommen und mit dem bisherigen Lebensweg abzurechnen. Er beendete glücklich und heiter unter dem klaren Himmel Italiens viele seiner früheren unvollendeten Arbeiten, fing neue an und fühlte dabei verständlicherweise ungeheure Erleichterung. Sicher war Goethe wie alle Touristen blind gegenüber den Missständen im Land selbst. Er richtete seine Augen auf das Blau des Himmels und nicht auf das Elend der Mehrheit der Bevölkerung, doch er war fasziniert vom Land und viel zu beschäftigt mit sich selbst, um das andere wahrzunehmen. Deshalb auch war er Jahre später bei seiner zweiten Reise nach Italien völlig entsetzt.

Auf diese erste Reise nahm er, wie bereits gesagt, viele seiner unvollendeten Arbeiten mit, und bei der Bearbeitung der Texte durchlebte er innerlich noch einmal viele Stationen seines bisherigen Lebens. In Italien beendete er die »Iphigenie«, den »Egmont« und den »Tasso«. Er schrieb auch wieder Singspiele und fing weitere neue Arbeiten an. Der »Faust«, das Werk seines Lebens, erfuhr in Italien eine erste Erweiterung. So gewaltig war seine Arbeit in dieser Zeit, dass er tatsächlich nicht übertrieb, wenn er von einem neuen Blatt in seinem Leben sprach, das durch die Italienreise aufgeschlagen wurde. Auch seine Vorgehensweise bei der Gestaltung seiner Stoffe änderte sich radikal: Vom Denken, Empfinden und Phantasieren zu Gegenstände mit den Augen aufnehmen, beobachten, sich selbst verleugnen und das Objekt so rein wie möglich aufnehmen. Das war der neue Grundsatz.

Er fühlte sich in Italien so schnell heimisch, dass er nach einer Woche schrieb: *Es ist mir als wenn ich hier geboren und erzogen wäre und nun von einer Grönlandsfahrt, von einer Walfischfang zurückkäme. Alles ist mir willkommen.*

Zurück in Weimar, wurde er auf eigenen Wunsch aus vielen Ämtern entlassen. Goethe war aber danach immer noch mit vielen und meist sehr verschiedenen kulturellen Aufgaben amtlich beschäftigt: Aufsicht über die Zeichenschule, Leitung der Schlossbaukommission, Leitung der Bergwerke, Schlichtung bei Studentenunruhen 1790 und Leitung des Weimarer Hoftheaters (ab Januar 1791), Aufsicht über die Kunst- und Wissenschaftsinstitution und Leitung der

Jenaer Universität. Das war viel, aber nicht annähernd halb so viel wie vor der Reise nach Italien.

Doch nun trat etwas ein, womit Goethe nicht gerechnet hatte und womit doch jeder, der seinen eigenen Weg geht, rechnen muss: Die Entfremdung zwischen ihm und seinen Freunden in Weimar wurde von Tag zu Tag größer, und Goethe fühlte sich einsam wie noch nie. Er wurde nicht verstanden, und seinen Erfahrungen in Italien, seinen Studien und seiner Forschung begegneten die Leute mit Ablehnung, ja fast mit Verachtung.

Die Lyrik, die er in Italien oder kurz danach schrieb, kam nicht an. Sowohl die Veröffentlichung der Elegien wie auch die der Epigramme wurde auf Jahre verschoben und dann als obszön, zu weitgehend und geschmacklos beschimpft.

Zu dieser Verstimmung trug auch bei, dass er immer noch einzig und allein als Autor des »Werther« gesehen wurde. Die neueren Arbeiten, die er mit größter Anstrengung zu Ende gebracht hatte, wurden kaum beachtet. Er unterstellte den Deutschen das, was enttäuschte Autoren ihren mit Zuneigung geizenden Lesern gern vorwerfen: Sie wollten von ihm nichts wissen, wie viel er auch geleistet habe, sie seien grobschlächtig und für die feine Kunst nicht reif genug.

Seine düstere Stimmung wurde Anfang der Neunzigerjahre durch die politische Lage in Frankreich verstärkt, die einem Pulverfass glich und schließlich in die blutrünstigen Französischen Revolutionskriege von 1792 mündete. Der ruhelose Goethe wandte sich tief entsetzt davon ab und investierte immer mehr Zeit und Kraft in die naturwissenschaftliche Forschung, was in der Gesellschaft allerdings noch weniger verstanden und respektiert wurde. Seine Umgebung betrachtete ihn allmählich als Sonderling.

Kurz nach seiner Rückkehr aus Italien hatte er die schöne junge Christiane Vulpius kennen gelernt. Eine Liebesbeziehung fing an und führte zur endgültigen Trennung von Charlotte von Stein. Viele nahmen ihm offen oder verdeckt die Liebesbeziehung zu Christiane, die er ohne Heirat bei sich aufnahm, übel. Christiane, seine spätere Frau und Mutter seines einzigen überlebenden Sohnes August (geboren 1789), war eine einfache Arbeiterin. Das Verhältnis bot den Klatschmäulern von Weimar reichlich Stoff, um sich aufzuregen. Goethe liebte Christiane sehr, und sie war in seiner Isolation die einzige Stütze.

In den Naturwissenschaften schien Goethe die langfristigere, universellere Wirkung zu sehen als in der Literatur. Schon während der Italienreise hatte er viele wissenschaftliche Notizen über Geologie,

Mineralogie, Anatomie gemacht. Die Natur Italiens entfachte seine Beobachtungen. Und Italien war auch die Geburtsstätte seiner späteren Farbenlehre, die bei all ihren Unzulänglichkeiten bis heute Anerkennung genießt.

Goethe war vehement gegen Newtons geistiges Konzept einer Welt, das seiner Meinung nach eine aggressive Haltung gegenüber der Natur beinhaltete. Er selber betrachtete dagegen, ziemlich altmodisch und doch human, die Wissenschaft als Bemühen, das Gesetz des Lebens zu finden, wonach alle Lebewesen miteinander auf Gedeih und Verderb verbunden sind. Goethe vertiefte sich immer mehr in die wissenschaftliche Forschung und entwickelte seine Thesen über die andauernde Evolution der Natur. Er veröffentlichte dazu ein Werk mit dem Titel »Die Metamorphose«, das von der Entwicklung der Pflanzen handelte, aber schon bald erzielte er auch ähnliche Ergebnisse für die Evolution im Tierreich. Die Studien beeinflussten auch seine Auffassung, dass sich die Gesellschaft nur durch langsame Evolution und nicht durch eine gewaltsame Revolution verändert und weiterentwickelt. Schiller, Klopstock, Herder und Wieland begrüßten die Französische Revolution. Goethe war, wie gesagt, erschüttert. Das führte zur weiteren Isolierung.

Er stellte in dieser Zeit fast seine gesamte poetische Produktion ein. Die Misere dauerte vier Jahre bis zu dem glücklichen Tag, an dem er den Dichter Friedrich Schiller kennen lernte. Und allein dafür muss man Schiller danken. Er kratzte neidlos und mit Beharrlichkeit bei seinem Kollegen das Eis der Verbitterung auf, und Goethe fand tatsächlich zur Poesie zurück. Er sprach von einem *neuen Frühling*.

Die einmalige Freundschaft zwischen Goethe und Schiller ist selbst ein Zeugnis für die Richtigkeit der These vom Werden durch Wandlung. Beide Dichter wussten wohl voneinander, aber sie hatten sich nicht sonderlich gemocht. Ihre Ansichten waren zu verschieden. Aber die italienische Reise hatte Goethe verändert, und die neuen Gedanken des Philosophen Kant, die Schiller immer mehr zu seinen eigenen machte, veränderten ihn, sodass schließlich doch ein Zusammenkommen zwischen Schiller und Goethe möglich wurde. Das Zusammenkommen wurde zur Überlebenskunst. Schiller entführte Goethe durch seine Art immer mehr aus der Naturwissenschaft, und Goethe wirkte auf Schiller zu dessen Vorteil mäßigend. Und dann vollzog Schiller den entscheidenden Schritt. Er zog 1799 endgültig nach Weimar um. Dort schrieb er seine berühmten Theaterstücke »Maria Stuart«, »Die Braut von Messina«, »Wilhelm Tell« und andere.

Und beide, Goethe und Schiller, machten aus dem kleinen Weimar und dank des klugen Herzogs ein Mekka der Kultur. Wilhelm und Alexander von Humboldt, Johann Gottlieb Fichte, Friedrich Wilhelm Schelling, Jean Paul, August Wilhelm und Friedrich Schlegel, Ludwig Tieck, Novalis, Friedrich Hegel – sie alle kamen nach Weimar oder standen in engem Kontakt mit beiden Dichtern. Schiller und Goethe verehrten Griechenland, und so lag es nahe, dass bei beiden in dieser Phase eine klassizistische Stilisierung die Produktion in Malerei, Dichtung und Theater erfasste. Erst die Romantiker setzten ihr später ein Ende.

Und doch, so traumhaft produktiv diese Freundschaft für beide Seiten war, Goethe und Schiller blieben in ihren Ansichten getrennt, vertraulich wurden sie nie. Es war eine seltsame Notwendigkeit, die beide zusammenhielt wie Antipoden. Und die Klugheit beider Dichter bestand eben darin, trotz manchmal massiver Unterschiede in der Einschätzung eines Sachverhalts immer wieder die Kluft durch die Anerkennung des andern zu überbrücken. Gerade deshalb war der frühe Tod Schillers 1805 ein schwerer Verlust für Goethe, und die Zeit danach erschien ihm nur als *hohler Zustand*.

Eine weitere Erschütterung erfuhr er, als Napoleon im Oktober 1806 das preußische Heer zwischen Jena und Weimar in einer entscheidenden Schlacht besiegte. Marodierende französische Soldaten zogen plötzlich durch Weimar und verbreiteten Gewalt und Schrecken. Um ein Haar wäre Goethe selbst ein Opfer geworden, als die Soldaten in sein Haus eindrangen. Er wusste sich nicht zu wehren. Nur seine mutige Freundin und spätere Frau Christiane rettete ihm das Leben. In Dankbarkeit bekannte er sich danach durch die kirchliche Heirat öffentlich zu Christiane.

Doch trotz aller Schmach durch die französische Besatzung entwickelte Goethe auch diesmal wie schon in seiner Jugend in Frankfurt keine Sekunde nationalen Hass. Im Gegenteil. Er verachtete ihn, da man ihn *auf den untersten Stufen der Kultur immer am stärksten und heftigsten* finden kann. Er fühlte sich anders. Goethe stand gewissermaßen über den Nationen und fühlte damit Verbundenheit mit allen Völkern, er freute sich über ihr Glück und trauerte um den Schmerz, der sie heimsuchte. So war er bereits als Kind gewesen und die gleiche Haltung hatte er sich auch mit fast 60 Jahren bewahrt, als er Napoleon mehrmals begegnete. Beide bewunderten sich gegenseitig. Goethe war sehr bewegt über die lobenden, verbindlichen Worte des berühmten Franzosen, der einige Werke Goethes bereits gründlich gelesen hatte.

Aber die Zeiten blieben unsicher und Goethe vergrub sich wieder in die Naturwissenschaft. Er arbeitete an seiner »Farbenlehre« und veröffentlichte sie schließlich in einem Werk von mehr als tausend Seiten. Das Buch wurde 1810 veröffentlicht, aber seine Ansichten wurden unfreundlich aufgenommen. Newtons Theorien fanden immer mehr Anhänger. Eine weitere herbe Enttäuschung für Goethe, doch sie lähmte ihn nicht. Im Jahr 1806 beschloss er fürs Erste die Arbeit am »Faust«. Und er begann mit der Neufassung des »Wilhelm Meister«. Sein erzählerisches Meisterwerk, die »Wahlverwandtschaften«, erzeugte bei Erscheinen 1809 heftige Diskussionen. Nach langer Überlegung fing Goethe 1811 dann mit seinem umfassenden autobiografischen Werk »Dichtung und Wahrheit« an und beendete binnen kurzer Zeit die ersten drei Teile.

In dieser Phase, nach dem Tode Schillers, zog sich Goethe immer mehr in diverse Heilbäder zurück. Er hoffte auf eine Besserung seines Gesundheitszustands und konnte in den Badeorten fern der Tagespolitik ruhiger arbeiten. Dort aber machte er Bekanntschaft mit zahlreichen neuen interessanten Persönlichkeiten wie der österreichischen Kaiserin Maria Ludovica, Louis Bonaparte und anderen.

Doch in dieser Phase begann auch der Aufstieg der Romantiker, die Goethe unterschätzte und falsch beurteilte. Er konnte für ihre gefühligen Übersteigerungen kein Verständnis aufbringen. Und so gingen an ihm Achim von Arnim, Clemens Brentano, die Gebrüder Schlegel und Otto Runge vorbei, und nicht einmal der Komponist Ludwig van Beethoven konnte ihn beeindrucken, obwohl der seinerseits großes Interesse an Goethes Werk bekundete. Goethe isolierte sich zunehmend aufs Neue. Der Tod vieler naher Freunde und Verwandter tat das seine. Nach Schiller starben seine große Förderin Herzogin Anna Amalia, 1808 seine Mutter, 1813 Wieland.

1814 machte Goethe eine Reise nach Süddeutschland, die ihm wieder große Kraft schenkte. Er sprach von einer *neuen Jugend*. Hier erfuhr er die leidenschaftliche Zuneigung Marianne von Willemers, der Frau eines Bankiers. Er erwiderte diese Zuneigung und das entfachte das lyrische Feuer in seiner Brust. Von Anfang an standen bei Goethe hinter den besten literarischen Arbeiten immer wieder Frauen. Friederike Brion hatte ihn zur Naturlyrik angeregt, seine Leidenschaft für Charlotte Buff den »Werther« hervorgebracht. Die glücklichen Monate mit Lili Schönemann waren Anlass zu dem Schauspiel »Stella«. Die ersten zehn Jahre in Weimar standen im Zeichen der Liebe zu Charlotte von Stein. Sie war das Vorbild für »Iphigenie auf Tauris« und für die Prinzessin Leonore d'Este im

»Torquato Tasso«. Marianne von Willemer schließlich war die »Suleika« im »West-östlichen Divan«. Marianne war aber die Einzige, die selber schreibend an seiner Lyrik teilnahm. Die Gedichte im »Divan«, die unter dem Namen Suleika stehen, stammen allesamt von ihr. Goethe hat sie nur redigiert.

Der »West-östliche Divan«, den Goethe kurz vor Anbruch der Reise begann, erfuhr nun plötzlich eine ungeahnte Energie und einen großen Enthusiasmus. Zu dem »Divan« – Goethe nahm bewusst dieses arabische Wort für »Sammlung« – regten ihn die Gedichte des persischen Dichters Hafis an, der auch in einer unruhigen Zeit gelebt hatte. Ein Kuriosum nebenbei: Auf Arabisch steht auf dem Umschlag der ersten Ausgabe nicht »West-östlicher Divan«, sondern »Der östliche Divan vom westlichen Verfasser«. Der Titel ist nicht falsch, denn es sind östlich empfundene weise Gedichte eines westlichen Dichters. Merkwürdig ist nur die Wahl des Wortes Mu'allef = Verfasser, das man eher für Prosa gebraucht, statt des Wortes Scha'ir für Dichter.

Im folgenden Jahr hielt sich Goethe einige Male auf einem Landsitz der Familie Willemer auf, wo er seine geliebte Marianne traf. Stück für Stück entwickelte sich dort »Das Buch Suleika« als Teil des »Divans«. Zu diesem Buch kamen Weisheiten, Sprüche, Naturgedichte, Geschichten, und immer wieder taucht Goethes Motiv »Stirb und werde!« auf.

Die *fast italienischen Zustände* seiner Freude auf den Reisen nach Süddeutschland (Wiesbaden, Frankfurt, Heidelberg) wurden allerdings durch den Tod seiner Frau 1816 abrupt beendet. Und als der Reisewagen dann auch noch bei der dritten Reise nach Süddeutschland kurz hinter Weimar einen Achsenbruch hatte und verunglückte, beschloss Goethe fast abergläubisch, Weimar nie mehr zu verlassen.

Die Intrige einer Schauspielerin führte dort bald zu Goethes Rücktritt von der Direktion des Hoftheaters. Den unwürdigen Abschied nach vierzig Jahren Tätigkeit im Theater hatte sein früherer Bewunderer und Freund Herzog Karl August verschuldet. Goethe nahm es ihm mit Recht übel.

Nun zog er sich ganz in die Räume seines Hauses am Frauenplan in Weimar zurück und arbeitete leise und beharrlich während zwanzig Jahren weiter an seinem Werk. Ansonsten geschah in seinem Leben wenig. Er arbeitete mit unglaublichem Fleiß an der Fertigstellung des Romans »Wilhelm Meisters Wanderjahre« und ab 1825 täglich am zweiten Teil seines Lebenswerks »Faust«.

1816 vollendete er den ersten Teil der »Italienischen Reise«, 1822 die »Campagne in Frankreich«, 1829 schloss er die »Italienische Reise« endgültig ab. Außerdem gab er zwei Zeitschriften heraus, deren Inhalt fast ausschließlich aus seiner Feder stammte: »Zur Naturwissenschaft überhaupt, besonders zur Morphologie« und »Über Kunst und Altertum«. Neben diesen dichterischen und publizistischen Aktivitäten setzte er seine Arbeit an der Farbenlehre fort und korrespondierte mit vielen Persönlichkeiten. Außerdem schrieb er regelmäßig Tagebuch. Er war jetzt auch nicht mehr so isoliert wie nach seiner Rückkehr aus Italien. Inzwischen besuchten viele den berühmten Goethe, der selber nicht mehr reiste, aber dafür seine Türen für die Welt offen hielt. Er musste aber dafür manche Belästigungen von Besuchern erdulden. So beklagte er sich 1827 in einem Gespräch mit dem russischen Diplomaten Graf Stroganoff: *Der Ruhm, mein Herr Graf, ist eine herrliche Seelenkost: sie stärkt und erhebt den Geist, erfrischt das Gemüt; das schwache Menschenherz mag sich daher gern daran erlaben. Aber man gelangt gar bald auf dem Wege der Berühmtheit zur Geringachtung derselben. Die öffentliche Meinung vergöttert Menschen und lästert Götter; sie preist oft die Fehler, worüber wir erröten und verhöhnt die Tugenden, welche unser Stolz sind. Glauben Sie mir: der Ruhm ist so verletzend fast als die Verrufenheit. Seit dreißig Jahren kämpfe ich gegen den Überdruß, und Sie würden ihn begreifen, wenn Sie nur wenige Wochen mit ansehen könnten, wie mich täglich eine Anzahl von Fremden zu bewundern verlangt, wovon viele meine Schriften nicht gelesen haben.*

Aber einer dieser Verehrer, ein leidenschaftlicher Leser Goethes, hat mit seiner Niederschrift der Begegnungen vieles wieder gutgemacht: Johann Peter Eckermann. Er kam 1823 zu Goethe und zeichnete alle Gespräche auf, die er mit ihm führte. Die Gespräche waren aufschlussreich für verschiedene Entwicklungen, Stellungnahmen und Reaktionen Goethes. Reflektierend und analysierend aus der Distanz sind diese Gespräche eine unentbehrliche Hilfe, um Goethe zu verstehen. Eckermann selbst wurde zu einem treuen und in jeder Hinsicht ergebenen Helfer des großen Meisters. Die Nachwelt hat lange Zeit seine aufgezeichneten Gespräche geschmäht, weil Eckermann ein Autodidakt war und er Goethe in allem, was dieser tat, verklärend und harmonisierend darstellte. Er vergötterte Goethe, was seinen Blick nicht selten trübte. Sein Buch »Gespräche mit Goethe in den letzten Jahren seines Lebens« wurde von vielen Literaturwissenschaftlern viele Jahre lang verachtet. Doch die Zeitgenossen und Verwandten Goethes fanden das Buch damals sehr präzise und wahrhaftig, und ein Genie wie Nietzsche zählte es zu den bedeutendsten, die je in deutscher Prosa erschienen.

1823 lernte Goethe bei einem Badeaufenthalt die junge Ulrike von Levetzow kennen, und es entwickelte sich zu ihr eine letzte leidenschaftliche Liebe. Er war vierundsiebzig und sie neunzehn. Er wollte sie heiraten, doch Ulrike zögerte, was Goethe zwang, einen verbitterten Rückzug zu machen. In dieser Zeit entstand die »Marienbader Elegie«.

Danach folgte die letzte Phase seines Lebens, in der Goethe seine Studien über die Literatur Europas intensivierte, nachdem er bereits die Literatur des Orients bei der Vorbereitung zum »Divan« näher kennen gelernt hatte. Seit 1820 studierte er eingehend die indische und chinesische Literatur. Lord Byron, Walter Scott, Alessandro Manzoni und Victor Hugo waren einige seiner Lieblingsautoren. Bald vertrat er in seiner Zeitschrift die Ansicht, dass die Dichtkunst ein Gemeingut der Menschheit sei. 1830 prägte er als Erster das Wort *Weltliteratur.*

Auch sein Glaube erfuhr durch diese Weisheit keine Reduktion, sondern eine Erweiterung auf andere Religionen, die er achtete. Er wurde sozusagen nicht Atheist, sondern Polytheist. Alle Gottheiten waren für ihn gleichberechtigt.

Doch all diese Aktivitäten konnten nicht verhindern, dass Goethe im Alter keinen Anschluss mehr an die jüngeren Dichter fand. Der Tod des Großherzogs Karl August 1828 schmerzte ihn unendlich. Und 1830 starb auch sein geliebter Sohn August auf einer Reise durch Italien in Rom an einem Fieber. Goethe hüllte sich in eisiges Schweigen. Er flüchtete vor Verehrungen und Feierlichkeiten und setzte seine literarischen Arbeiten fort, um seine Trauer zu ertragen. *Ich muß mit Gewalt arbeiten, (...) um mich oben zu halten.*

Dann kam das Jahr 1831, in dem er den zweiten Teil seines Lebenswerks »Faust« und das vierte Buch von »Dichtung und Wahrheit« abschloss.

Am 22. März 1832 starb Goethe im Alter von zweiundachtzig Jahren. Er hat wie kein anderer vor oder nach ihm die deutsche Kultur geprägt.

Und nun wurde er zum Beweis seiner Zentralthese vom Sterben und Werden.

Er starb und wurde.

Anhang II

Zum Abschied
eine Übersicht mit Tipps

Wer sich, angeregt durch dieses Buch, weiter in Goethes Werke vertiefen möchte, der kann dies auf unterschiedliche Weise tun. Manchmal ist es am besten, Goethe im Original zu lesen. Natürlich ist alles, was der Dichter je geschrieben hat, in den großen Goethe-Werkausgaben enthalten, zum Beispiel in der Münchner Ausgabe (Hanser Verlag). Die meisten wichtigen Arbeiten gibt es aber auch in verschiedenen Taschenbuchverlagen als Einzelausgaben zu günstigen Preisen.

In einigen Fällen kann es aber auch einen schönen Reiz und Genuss bieten, Goethes Werke zu sehen oder zu hören.

Für eine Empfehlung, mit Genuss an das Werk Goethes heranzugehen, beschreiten die Autoren dieses Buches einen neuen Weg: Die Liste ist unterteilt nach Empfehlungen zum Lesen, zum Anschauen im Fernsehen und auf Video sowie zum Hören auf Cassette oder CD.

 **Zum Lesen**

Die Liste folgt den Zeitpunkten, wann die Werke abgeschlossen wurden. Sie enthält nicht die zahlreichen und vielfältigen Dramen, die Goethe in seinem Leben verfasst hat, weil diese sich nur bedingt zum Lesen eignen. Einige von ihnen findet man unter der Kategorie *Zum Anschauen.*

DIE LEIDEN DES JUNGEN WERTHERS
beschreibt Tuma in seinem Bericht auf den Seiten 25–39.

WILHELM MEISTERS THEATRALISCHE SENDUNG
Früheste Fassung des Wilhelm-Meister-Stoffes, in der Goethe die Hauptzüge schon angelegt hat und die vergleichsweise einfach zu lesen ist.

REINEKE FUCHS
ist Teil von Tumas Bericht auf den Seiten 56–64.

WILHELM MEISTERS LEHRJAHRE
ist Teil von Tumas Bericht und steht auf den Seiten 40–55.

DIE WAHLVERWANDTSCHAFTEN
sind Tumas Thema in der sechsten Nacht. Ihr findet sie auf den Seiten 104–117.

WEST-ÖSTLICHER DIVAN
Gedichtzyklus, den Tuma in der achten Nacht der Kommission präsentiert, d. h. auf den Seiten 129–147.

ITALIENISCHE REISE
Autobiografisches Werk Goethes, nach Briefen und Tagebuchaufzeichnungen aus der Zeit der Reise zusammengestellt und unter Hinzufügung von späteren Berichten über den zweiten römischen Aufenthalt erstmals 1829 vollständig veröffentlicht.

DICHTUNG UND WAHRHEIT
Autobiografie Goethes der Jahre 1749–1775

WILHELM MEISTERS WANDERJAHRE
Zweiter Teil des Romans über Wilhelm Meister.

NOVELLE
Prosadichtung, die in Form und Thematik den »Wahlverwandtschaften« und »Wilhelm Meisters Wanderjahren« verwandt ist.

FAUST
Tragödie in zwei Teilen, von denen Tuma den ersten in der fünften Nacht der Kommission vorstellt, also auf den Seiten 90–103

Eine schöne Auswahl an Erzählungen beziehungsweise Gedichten bieten die Sammelbände:
  Peter von Matt (Hrsg.): Goethe erzählt. 576 Seiten, Hanser
  Friedhelm Kemp (Hrsg.): Gedichte. Ein Lesebuch. 216 Seiten, Hanser
Wer sich für Goethes naturwissenschaftliche Schriften interessiert, für den gibt es verschiedene Auswahlbände, die einen guten Einstieg bieten, zum Beispiel:

M. Böhler (Hrsg.): Schriften zur Naturwissenschaft, Reclam UB 9866
Verwiesen sei auch noch auf zwei kurze Biografien über Goethe:
Anja Höfer: Johann Wolfgang von Goethe, 160 Seiten, München (dtv portrait), 1999
Peter Boerner: Johann Wolfgang von Goethe, 192 Seiten, Reinbek (rororo bildmonographien), 1964

Zum Anschauen

1. Berühmte Theateraufführungen

FAUST
Inszenierung: Gustaf Gründgens. Regie: Peter Gorski. Schauspieler: Will Quadflieg, Gustaf Gründgens, Elisabeth Flickenschildt u. a. Aufführung: Deutsches Schauspielhaus Hamburg 1960. 1 Videokassette (124 Min.). Taurus Video. Best.Nr.: 5001015

GÖTZ VON BERLICHINGEN
Inszenierung: Josef Gielen. Regie: Alfred Stöger. Schauspieler: Ewald Balser, Albin Skoda, Judith Holzmeister u. a. Aufführung: Wiener Burgtheater 1955. 1 Videokassette (90 Min.). JSW Medien. Best.Nr.: A.1921-1

2. Neue Theateraufführungen, die voraussichtlich im Fernsehen wiederholt werden

IPHIGENIE
Inszenierung: Hansgünther Heyme. Regie: Martin Kliemann. Aufführung: Ruhrfestspiele Recklinghausen 1966. Erstsendung: WDR3 am 3. Oktober 1996

STELLA. NACH JOHANN WOLFGANG VON GOETHES »SCHAUSPIEL FÜR LIEBENDE
Inszenierung: Frank Castorf. Regie: Hans Sommerfeld. Aufführung: Deutsches Schauspielhaus Hamburg 1991. Erstsendung: NDR3 am 9. Januar 1992

TORQUATO TASSO
Inszenierung: Friedo Solter. Regie: Margot Thyrêt. Aufführung: Deutsches Theater Berlin 1985. Erstsendung: 3sat am 22. April 1995

WAHLVERWANDTSCHAFTEN
Inszenierung: Stefan Bachmann. Regie: Bruno Kaspar. Aufführung: Theater am Neumarkt Zürich 1997. Erstsendung: 3sat am 22. Juli 1997

3. Berühmte Spielfilme

FAUST. – VOM HIMMEL DURCH DIE WELT ZUR HÖLLE
Ein Film von Dieter Dorn nach Johann Wolfgang von Goethe. Schauspieler: Helmut Griem u.a. BRD 1987/88. 1 Videokassette (162 Min.). EuroVideo. Best.Nr.: 12219

WAHLVERWANDTSCHAFTEN
Film von Paolo und Vittorio Taviani frei nach dem Roman von Johann Wolfgang von Goethe. Schauspieler: Isabelle Huppert u. a. Italien/Frankreich 1996. 1 Videokassette (92 Min.). Arthaus. Best.Nr.: 240

 # Zum Hören

1. Aufführungen

FAUST, DER TRAGÖDIE ERSTER TEIL
In der Gründgens-Inszenierung des Düsseldorfer Schauspielhauses. Sprecher: Gustaf Gründgens, Paul Hartmann, Elisabeth Flickenschildt u.a., 1959. 3 Cassetten (136 Min.): Deutsche Grammophon. Best.Nr.: 415706-4 (ISBN 3-932784-03-0) oder 3 CD: Deutsche Grammophon. Best.Nr.: 419455-2 (ISBN 3-932784-04-9)

GÖTZ VON BERLICHINGEN
Mit einem Ensemble des Wiener Burgtheaters. Sprecher: Ewald Balser, Albin Skoda, Judith Holzmeister u.a. 1 Cassette (65 Min.): Ricophon: L & M (Literatur fürs Ohr). 1998. Best.Nr. 28642 oder 1 CD: Ricophon: L & M (Literatur fürs Ohr). Best.Nr.: 38642

2. Lesungen

DIE LEIDEN DES JUNGEN WERTHERS
Text und Kommentar. Lebenskunst – Leben und Werk von Johann Wolfgang von Goethe. Feature und gekürzte Lesung. Sprecher: Rita

Russek und Peter Fricke. 2 Cassetten (200 Min.): DHV DerHörVerlag 1997. Best.Nr.: ISBN 3-89584-604-X

DIE LEIDEN DES JUNGEN WERTHERS
Gelesen von Hans Kremer. Hörbuch. 4 Cassetten (270 Min.): Deutsche Grammophon. 1996. Best.Nr.: 4498864 (ISBN 3-932784-59-6)

NOVELLE
Sprecher: Käte Gold, Therese Giese, Oskar Werner u.a. Regie: Max Ophüls. 1 Cassette (57 Min.): DHV DerHörVerlag. 1995. Best.Nr.: ISBN 3-89584-025-4, oder 1 CD: DerHörVerlag Best.Nr.: 3-89584-125-0

REINEKE FUCHS
Sprecher: Gert Westphal. 1 Cassette (86 Min.): Litraton. 1995. Best.Nr.: 58005 (ISBN 3-89469-005-4)

DIE WAHLVERWANDTSCHAFTEN
Gelesen von Gert Westphal. Hörbuch. 7 Cassetten (570 Min.): Deutsche Grammophon. 1987. Best.Nr.: 419919-4 (ISBN 3-932784-98-7)

WEST-ÖSTLICHER DIVAN
Sprecher: Gert Westphal und Gisela Zoch-Westphal. Auswahl. 1 Cassette (75 Min.): Litraton 1989. Best.Nr.: 58007 (ISBN 3-89469-007-0)

3. Vertonungen

ROBERT SCHUMANN, FRANZ SCHUBERT, HUGO WOLF, W. A. MOZART: GOETHE-LIEDER
Interpret: Dawn Upshaw. Aufnahme: East West Records 1994

FRANZ SCHUBERT: GOETHE-LIEDER
Interpret: Arleen Auger. Aufnahme: Edel, Hamburg 1994. 1 CD. Best.Nr.: Berlin Classics 00 2185 2 BC

FRANZ SCHUBERT: GOETHE-LIEDER
Interpret: Thomas Quasthoff. Aufnahme: BMG 1995. Best Nr.: RCA 09026 61864 2

CARL LOEWE: LIEDER UND BALLADEN NACH GOETHE
Interpret: Hans J. Mammel. Aufnahme: Faika, Öhringen 1996. 1 CD. Best.Nr.: OGM 960069

Inhalt

Rafik Schami wurde 1946 in Damaskus geboren. 1971 kam er nach Deutschland, studierte Chemie und promovierte in diesem Fach, arbeitete in der Industrie und tat, was er seit seiner Jugend in seiner Muttersprache getan hatte: Er schrieb, nunmehr aber auf Deutsch. Heute zählt er zu den erfolgreichsten Schriftstellern deutscher Sprache. Bei Hanser erschienen u. a. die Bücher »Das ist kein Papagei!« (1994), »Reise zwischen Nacht und Morgen« (1995) und »Milad« (1997).

Uwe-Michael Gutzschhahn wurde 1952 im Rheinland geboren, studierte Germanistik und Anglistik, promovierte und arbeitet seit zwanzig Jahren als Lektor. Heute lebt er in München und ist für das Kinder- und Jugendbuchprogramm des Hanser Verlags verantwortlich. Er hat Gedichtbände für Erwachsene sowie Erzählungen und Romane für Kinder und Jugendliche veröffentlicht. 1998 gab er bei Hanser die Anthologie »Ich möchte einfach alles sein« heraus.

In gleicher Ausstattung liegt vor:

Rafik Schami
Milad
176 Seiten
ISBN 3-446-19129-1

Milad hat nicht viel Glück in seinem Leben, doch einmal erscheint ihm in einer Höhle eine wunderschöne Fee und verspricht ihm einen Schatz, falls es ihm gelingt, einundzwanzig
Tage lang hintereinander satt zu werden. Das ist nicht leicht,
wenn man so arm ist wie Milad. Doch von Stund an will er nur
eins: unbedingt seine schöne Fee wiedersehen. Dafür nimmt er
alles an, was er an Arbeit ergattern kann und damit beginnt eine
Reise durch Höhen und Tiefen.

*»Das Buch ist spannend und bietet lebendige Erzählkunst, wobei
Schami, der in deutsch schreibt, Phantasie wie Witz für Realität
und Alltag miteinander verbindet.«*

Berliner Morgenpost

*»So ist Rafik Schamis kunstvolle Saumseligkeit zu rühmen. Stets
hält sie die Balance zwischen der Ironie des Zeitgenossen und jenen
Wundern, ohne die ein Märchen nicht auskommt.«*

Frankfurter Allgemeine Zeitung

In gleicher Ausstattung liegt vor:

Rafik Schami
Reise zwischen Nacht und Morgen
384 Seiten
ISBN 3-446-17864-3

Die Löwen des Circus Samani sind alt und zahnlos, Elefanten gibt es schon lange keine mehr und die Artisten sind müde. Da bekommt der Direktor Valentin einen Brief aus Arabien. Sein todkranker und reicher Freund Nabil lädt ihn in den Orient ein, damit der Circus für ihn spielt, solange er noch zu leben hat. Ein ernstgemeintes Angebot oder der Scherz eines Konkurrenten? Valentin verschafft sich Klarheit und so beginnt eine aufregende Reise zwischen Nacht und Morgen.

»Seine Märchen sind für Kinder und für das Kind im Erwachsenen, das hierzulande leider viel zu früh stirbt. Dies zu erhalten ist das Anliegen des Schriftstellers Rafik Schami und mit seinem neuen Jugendbuch gelingt es ihm wieder auf wunderbare Weise.«
Berliner Morgenpost

»Der Autor hält mit einem Feuerwerk seiner Erzählkunst den Leser in Atem ... Was für ein Buch, was für ein Witz, welcher Humor! Was für eine Erzählkunst! Ganz vorsichtig nimmt dieses Kleinod Platz auf dem Nachttisch. Für die Momente, in denen man Märchenaugen braucht ...«
Main Echo